MORTELLE CONFUSION
Kentin Spark

Couverture : Jesse Jay

© 2015 Kentin Spark

Editeur : BoD – Books on Demand

12/14 rond-point des Champs Elisées, 75008 PARIS

Impression : BoD – Books on Demand - Allemagne

ISBN : 978-2-322-01817-8

Dépôt légal : Juin 2015

Merci à Jesse Jay pour sa couverture

Kentinspark.fr

Premier chapitre

Ma place, mes pensées

Assis sur le même banc que d'habitude, je sens la chaleur du soleil dans mon dos. Je regarde autour de moi. Aujourd'hui, le gazon est fraîchement tondu. J'aime cet endroit. J'aime cette odeur. Je m'y installe chaque mardi à l'heure du déjeuner pour déposer l'encre de mes pensées. Sur mon cahier personnel, j'inscris ma vie comme elle vient. Je dois être possédé. Mon esprit me torture et j'ai besoin de relâcher toute cette tension. Je sors mon stylo d'un geste anodin.

mardi 24,

Samedi passé, visite chez mon filleul d'adoption, Quentin. Quel bonheur ! Quelle joie de voir cet enfant autiste parler avec sourire. Il sort de sa bulle pour partager ce moment extraordinaire avec moi. Seulement une semaine sur deux, mais c'est un régal de jouir de cet échange. Je me sens revivre. En plus, pour le week-end de mon anniversaire, j'ai l'autorisation de l'emmener chez mes parents.

Je lève la tête et je regarde autour de moi. D'autres étudiants lisent ou rêvassent. Mon ventre gargouille. J'ai faim ! Je sors une briquette de jus de pommes et une barre de chocolat énergétique pour finir la journée. La fraîcheur du jus me fait du bien et cet en-cas me redonne de l'énergie. Désaltéré et rassasié, je me lève pour jeter les emballages. Puis, je reprends le fil de mes pensées. Je me recroqueville sur moi-même.

Pourtant, le samedi suivant, je meurs de cette absence... Cette sensation de manque m'obsède depuis des années. J'ai besoin de la combler. Je suis sans cesse à la recherche d'une présence. J'ai des pulsions et je ne les maîtrise pas. Elles me permettent de combler ce vide mais c'est éphémère. Pourquoi je fais cela ? Je n'évolue pas. Je ne comprends toujours pas pourquoi je fais cela ?

Je range mes observations personnelles et mon stylo dans ma serviette. Je consulte ma montre : 14 h 45. Il est temps de repartir en cours. C'est mon dernier jour avant les vacances.

Deuxième chapitre

Malgré moi

Samedi 19 heures. À défaut de manger avec mon ami Quentin, j'ouvre le frigo. Il me reste un morceau de beurre, une tranche de jambon, une endive crue et un bout de fromage. Il faut que je fasse les courses. En attendant, ça suffira pour ce soir. J'allume le gaz, je mets le reste du beurre dans la poêle et je le fais chanter. J'insère la tranche de jambon. J'y ajoute le fond de mon bocal d'herbes de Provence, une gousse d'ail un peu malade et je fais revenir la tranche de chaque côté. Je coupe l'endive en enlevant les feuilles un peu abîmées. Un peu de vinaigre, un peu d'huile et la salade est prête. Je me contenterai d'un plat léger ; ce soir, je sors. Après le repas, je laisse ma table en plan. Je me jette sur le lit et je ferme les yeux pour quelques minutes de repos.

J'ouvre un œil. Il se pose sur mon réveil : déjà 23 h 03 ! Merde ! Quelle sieste ! Vite ! Direction la douche ! Il faut que je me réveille. L'eau chaude coule sur mon corps engourdi et le revigore. Puis, je me sers un bon café, corsé pour rester éveillé.

Ma sortie est individuelle. Personne ne m'accompagne. Je n'ai pas d'ami. Enfin, la soirée m'apportera une présence… J'espère…

J'arrive devant la boîte de nuit. Je les choisis toujours un peu au hasard. Le son percute les parois. La batterie rythme le battement des cœurs présents. Il y a du monde sur le parking, des jeunes discutent. Leurs coffres de voiture ouverts, ils picolent. Ils parlent fort et rient. La plupart fument. Comme à l'accoutumée, je ne rentre pas. Je n'aime pas la foule ni me sentir opprimé.

Le samedi soir quand je sors, je suis solitaire. La soirée m'appartient. Je me gare un peu loin de l'entrée, dans un coin sombre. J'attends le moment où l'attroupement extérieur se dissous pour me préparer. Quand la soirée est bien entamée, quand les vapeurs d'alcool gangrènent le sang, je sors enfin. Debout dans l'ombre, j'attends patiemment le moment où sortira un jeune dans mon goût. Je piétine sur place. Le vent se lève. Je suis aux aguets. J'observe dans la pénombre. Enfin, je l'aperçois devant l'entrée. Il sort. Mon cœur s'accélère. Mes yeux, adaptés au noir de la nuit, scrutent la démarche fatiguée. Il tangue de droite à gauche et d'arrière en avant. Certainement une conséquence de sa soirée alcoolisée, du bruit et des mouvements de la boîte, vie des noctambules disco. Tant mieux ! Ce sera plus facile.

Il marche dans ma direction mais ne me voit pas. Je reste silencieux, tapi dans l'ombre. Je ne bouge pas d'un cil. Il a la vingtaine, je crois. Un beau brun. Sans un regard autour de lui, il se débraille et sort son tuyau pour soulager sa vessie. C'est le moment ! À moi de jouer. Je l'observe. Enfin, je sors discrètement de ma planque et je me dirige doucement derrière lui. Sur les gravillons, je marche comme sur des œufs. Ma tête scrute tel un radar les alentours. Pas une présence n'est repérée. Personne pour m'arrêter.

À sa hauteur, je retiens ma respiration. D'un geste vif, mon bras passe par dessus son épaule et ma main, armée d'un chiffon imbibé, se pose sur ses voix respiratoires avec une belle pression. Je reste collé quelques minutes. Il en tombe dans mes bras. Je lui plais, je crois. Il est avec Morphée. Je le porte comme si je lui faisais franchir le seuil. Il sent la bière à plein nez.

Dans les entrailles de mon camion, je le dépose délicatement sur le lit. Je n'ai pas le nez d'un parfumeur, mais j'apprécie son déodorant. Il met tous mes sens en éveil. Je l'entrave d'une paire de menottes. Pour ne pas blesser mon invité d'un soir, j'ai pris soin

de les entourer de mousse. Ma soirée va enfin commencer.
Je m'installe au volant, tout excité. Je démarre et roule. J'enclenche la deuxième, puis la troisième. Sur la route, les habitations se font de plus en plus rares. Une brise vient se fendre sur mon carreau. Mes pleins phares stoppent net la traversée d'un chevreuil. Effrayé, il fait demi tour sans demander son reste. Je parcours une vingtaine de kilomètres. Puis, je tourne sur le parking à la lisière d'une forêt. Le noir de la nuit rend le lieu encore plus lugubre. Je l'ai repéré quelques temps auparavant. Je me gare. Je descends et remonte par la porte latérale. Je la referme. Il dort toujours. Je le regarde. Je le savoure. Il est beau quand il dort.

Je le secoue doucement pour le sortir de ses rêves. Il a du mal à ouvrir les yeux. Il ne se doute de rien. L'œil absent, il se remet de ce sommeil forcé.

Il me reluque. Il ne comprend pas. C'est vrai, l'intérieur n'est pas très gai. Les rideaux vert anglais, avec des motifs bateaux et lanternes de pirates, amènent une atmosphère ténébreuse. Ses yeux sont bleu foncé. Je kiffe. Je ne dis rien. Il regarde partout. Certes, le lit n'est pas confortable vu l'épaisseur du matelas. Mais les joyeuses couleurs de la literie donnent un effet de chaleur.

Je lui propose un café en poudre instantanée.

« Il faut juste chauffer un peu d'eau sur le gaz. »

Il ne répond pas.

« Ça m'arrange car on a autre chose à faire tous les deux. »

J'ouvre le placard en dessous. Le grincement me rappelle de mettre un peu d'huile. Quel bruit strident ! J'attrape mon sac de soirée. Je l'aide à se lever. Il se débat. Je le claque. Il hurle.

« Ta gueule ! »

On sort de mon char à rencontres.

« Si tu essaies encore de jouer le dur, je te tue. Maintenant avance et ferme-la ! Je n'veux plus te rapp'ler à l'ordre, compris ? Pour information, j'ai acheté ce véhicule, il y a quatre mois à un couple de personnes âgées. »

Je parle à voix haute. Un brin de causette avant de passer aux choses sérieuses.

« Mais je n'ai rencontré que l'homme, un retraité de l'agriculture. L'odeur parfumée de la campagne m'avait changé de la ville. Je ne le comprenais pas tout le temps, tu sais. Mais dans son jargon, j'ai compris qu'il ne pouvait plus écrire. J'ai rempli moi-même les documents du certificat de vente. Il passait souvent sa main droite dans sa barbe, plus noire que grise, en me regardant. J'ai supposé un tic. Il était habillé d'une salopette, plus ou moins sale et de sabots en caoutchouc. Il sentait la même odeur, tu sais, que le fumier. Je lui avais proposé de déposer l'exemplaire de la préfecture en allant faire les papiers. Tu vois, je suis un petit malin. Au cas où tu voudrais te servir du camion pour me balancer, c'est raté. »

Il ne dit rien.

« Il avait accepté et m'avait simplement remercié de ma gentillesse. Je sais être gentil. Le vieux monsieur ne pouvait plus conduire à cause de son diabète. Alors il l'a mis en vente car il n'avait plus envie de s'en occuper. Avance ! Tu ralentis là. Ne m'oblige pas à changer de ton. De toute façon, mon exemplaire servira à allumer le poêle à bois ! m'avait-il dit. Alors je ne risque pas grand chose si on remonte la source du véhicule. »

Je le vois trembler. Il est inquiet. Mon récit ne l'encourage guère.

« Tu sais, c'était un monsieur charmant ; un peu benêt à mon goût. »

Je pousse mon compagnon d'un soir sur le chemin forestier. Il titube. Une chouette nous chante la bienvenue dans son monde. Il se retourne apeuré mais ne dit rien. Un faible vent refroidit le col de nos habits.

De temps en temps, je lui tape dans le dos pour le faire avancer dans la noirceur du sentier. Je le sens terrifié. Ça m'excite. La senteur forestière nous transporte dans un lieu pur. Nous marchons environ deux kilomètres à la lueur de ma lampe torche. Il doit flipper de plus en plus quand nous pénétrons dans le cœur de la forêt. Puis je le regarde.

« Nous sommes arrivés. »

J'ouvre mon sac de sport et en sors ma couverture de pique-nique verte. Un panier garni est dessiné. Je le fais asseoir et le regarde avec voracité.

« Tu es très beau ! On va partager mon désir !

- … »

Son silence me réjouit. Qui ne dit mot, consent.

« T'as déjà baisé ? »

Un bref non de la tête. Il rougit.

« Qu'est ce que vous m'voulez ? »

Son inquiétude me flatte.

« Qu'aimerais-tu pour ta première fois ?

- Qui êtes-vous ? demande-t-il, tremblant.

- Détends-toi ! Je n'te veux que du bien.

- Je veux rentrer chez moi ! »

Il grelotte. Pas de froid, à mon avis !

« Non pas encore ! Ma soirée commence et tu es son étincelle. » Dans la profondeur de son regard, je lis comme dans un livre. Sa peur et son angoisse m'excitent davantage. Mon entrejambe sent gonfler mon envie.

J'attrape ma bouteille de rosé et deux verres. Je nous sers.

« Trinquons à notre rencontre !

- ... »

Ses membres supérieurs sont entravés. Alors, je porte le verre à ses lèvres. Une fine gorgée glisse dans sa bouche. Il avale. Je lui parle avec douceur comme si je le connaissais depuis toujours.

« C'est quoi ton prénom ? Ton âge ? Ne mens pas, je peux vérifier dans ton portefeuille. Et ça éviterait de me mettre en colère.

- Romain. »

Il renifle.

« J'ai tout juste dix-huit ans.

-Tu étais seul en soirée ou accompagné ?

- Avec des potes. Mais je voulais rentrer car j'étais crevé. »

Il est meurtri par l'émotion.

« Pourquoi moi ?

- Tu allais rentrer comment ?

- J'habite chez mes parents à dix minutes à pied de la boîte. Ils vont s'inquiéter de n'pas me voir. Laissez-moi partir ! J'dirai rien, je vous l'jure !

- Non ! D'abord, j'en profite. »

Il me fixe. L'incompréhension se lit dans son regard.

« Si tu le fais avec plaisir, j'te laisserai rentrer tranquillement.
- Mais… mais faire quoi ? »
Je le sens effrayé. Une boule au ventre le paralyse. Je sens transpirer sa peur.
« J'ai peur ! Ne me faites pas de mal ! Je veux partir ! »
Sa voix à peine audible est cassée par des sanglots. Ça donne la chair de poule.
« OK ! Si tu veux. »
Il relève la tête. Un brin d'espoir naît dans son regard. Cette lueur me ravit.
« Mais avant tout, on va s'amuser comme des fous, tous les deux. Après, tu pourras rentrer chez toi. »
Il rebaisse la tête. Merde ! La lueur a disparu. Aucun mot ne sort de sa bouche. Je le prends pour argent comptant. Je sais, il est transi de peur. Il doit avoir une crampe d'estomac. Mais peu importe, ce n'est pas la partie que je préfère. Plus aucun bruit. À croire que les animaux assistent au spectacle.

Je lui ordonne de se coucher. Il hésite, je lève la main pour lui montrer que je vais l'y forcer. Il ne dit rien et s'exécute. Il m'obéit. Je suis dominateur et j'aime ça. C'est pas évident, ni agréable comme position mais j'ai pas envie de le détacher. Sinon, il s'f'ra la belle. L'environnement ne m'intéresse plus. Seule sa présence compte.

Je m'approche de lui. Je faufile mes mains impatientes sous son maillot de corps. Sa peau est douce. Il reste immobile. Je le caresse avec délectation. Son visage grimace. Je le regarde droit dans les yeux mais ils sont fermés. Je vais lui redonner le plaisir de sourire.

Ma main droite descend sur son ventre. Par-dessus son pantalon, elle caresse ses cuisses, son sexe. Il se crispe. Une petite bosse me rend dingue. Je déboutonne sa braguette.

« Non ! S'il vous plaît, pas ça ! »

Je baisse son falsard jusqu'aux chevilles. J'adore quand on m'résiste. Il a un beau boxer avec de belles fraises. Ça tombe bien, j'adore les fraises ! Je lui tâte les parties par-dessus. Hum ! Je me régale de cette sensation. Mon bâton durcit.

Mes doigts entrent à l'intérieur de son boxer. Je sens ses poils. Hum ! Ils sont doux ! J'ai envie de le dévorer.

Je le mets à poils. Il crie. Je lève la main, il se tait. Je souris. Il ne fait pas très chaud mais je vais le réchauffer. Il a une bite d'environ trois ou quatre centimètres au repos. Il est là, à ma merci. Il a une belle queue. Son odeur, sa peau, son visage et sa peur me mettent en appétit. Quel festin ! Je n'ai pas mangé depuis quinze jours.

Ma lampe éclaire sa beauté, fait briller son poil d'un brun appétissant. J'approche mon visage de cette belle touffe. Ma langue l'effleure. Il sent bon. Il est tétanisé mais j'aime ça. Je salive. Je gobe son bout comme un en-cas et j'entame goulûment un va-et-vient. Il ne bronche pas mais sa bite monte péniblement. À croire qu'il n'aime pas ça ! Pourtant il a l'air d'avoir un bon dix-sept. Je m'arrête… net.

Je me déshabille et le retourne. Je lui masse fermement les fesses. Mon index s'engouffre d'un trait dans son trou. Il crie de douleur et remue pour chasser mon doigt. Je le retire. Il est enfin prêt. J'enfile un préserv' et le pénètre sans ménagement.

« Ahhhh ! S'il vous plaît ! Vous me faites mal. Arrêtez ! dit-il en pleurant. »

Il remue vivement ses fesses. Tout son corps se déhanche de partout. Je ressers fermement ma prise. Enfin ! Je le domine ! Je savoure ma puissance. Il ne bouge plus sous mes va-et-vient. Je suis très excité, au bord de l'éjaculation. Un râle se dégage de mes tripes. Je l'écoute gémir, cela augmente mon orgasme. Je souffle de plaisir en giclant dans son cul. Je me sens soulagé.

« Quel délicieux moment ! lui dis-je en lui murmurant dans l'oreille. »

Je reste en lui un moment pour reprendre mes forces. Il ne bouge plus. Il est peut-être, lui aussi, vidé d'énergie.

Je me retire. J'enlève la capote et fais un nœud. Je la mets dans mon sac. Je la jetterai en rentrant. J'enfile une paire de gants et prends mes ciseaux. Je lui coupe quelques poils pubiens. Il a un mouvement de recul. A-t-il eu peur que je la lui coupe ? Je les place dans un sac plastique zippé. Je le range directement avec une petite feuille où j'ai noté son prénom, la couleur de ses yeux, son âge, et la taille de son sexe.

« Je suis obligé de te laver ! Après l'amour, il faut se laver. »

Je sors ma bouteille d'eau, mon gant et mon gel douche. Je le nettoie sans faire attention à son bien-être. À la fraîcheur du gant, il frémit mais ne bouge pas. Son regard est vide. Après, je sors un tabouret pliable. Quatre euros chez Kéon et ma corde d'alpinisme coupée en trois longueurs identiques, par souci d'économie. C'est mon dernier bout. À mettre sur ma liste d'achats.

« Alors ! Voici comment on va procéder : je te rhabille et je te laisse attaché. Tu montes sur ce tabouret. J'accroche la corde à un arbre puis l'extrémité à ton cou. Quand je serai prêt à partir, je désentrave tes mains et tu attends dix minutes avant de te libérer.

T'as compris ? »

Il pleure, me regarde et suffoque.

« Oui, j'ai compris. Je ferai c'que vous voudrez. Mais ne me faites plus de mal. Je ne dirai rien. »

J'attache la corde et je l'aide à monter sur le tabouret. Il a du mal à garder l'équilibre.

« Garde ton sang froid ! Tu pourrais te pendre à trembler comme ça. »

Je range tout. Il pleure de plus en plus. Il ne faudrait pas qu'il se noie dans ses larmes. Il pourrait me gâcher ce dernier plaisir. Je me redresse et passe derrière lui. Mon pied droit shoote le haut du tabouret. Il tombe d'un coup. Il suffoque, se débat. Il veut me dire quelque chose, je crois. Trop tard ! Les secondes défilent, il tombe dans l'inconscience. Son corps lutte contre la mort. C'est sa faute ! Il n'a pas aimé !

Pourtant, je respecte mon engagement et le libère de ses entraves. Je charge le sac sur mon dos et rebrousse chemin. Je remets mes affaires en place dans le camion. Je démarre et file à ma base secrète. La route est déserte. Je ne croise personne, même pas un chat. Rentré chez moi, je me désinfecte de cette soirée. Je me sens mieux, lavé de tout remord. Mais je suis toujours sans réponse à mes interrogations ! Je me couche à 6 h 30 ce dimanche. Je m'endors comme une masse jusqu'à 15 heures. Puis, je finis la journée en regardant la télévision.

Troisième chapitre

De l'ordre

Mon réveil sonne. Il est sept heures. J'ai bien dormi. La date ne me rassure pas : lundi 30 juin, dernière semaine avant mon anniversaire. Je vais vieillir et avoir toujours cette sensation. Elle me perturbe depuis mon plus jeune âge. Couché dans mon lit, je me torture. Pourquoi ce tourment ? Je ne me rappelle rien de mon enfance. Tout est vague en moi. Une confusion règne et cela devient mortel.

Qu'est-ce qui me provoque cette incertitude, cette incompréhension ? Pourtant je cherche et recherche dans mes souvenirs. Je pose et repose les mêmes questions à mon entourage. Mais rien ! Aucune réponse. Je me lève et je vais déjeuner.

Aujourd'hui, je dois nettoyer ma piaule à fond. Un studio de vingt mètres carré est vite rangé, si je ne traîne pas bien-sûr. J'attrape ma couette vert pastel et je la glisse dans le caisson. Je replie le clic-clac et le pousse contre le mur pour maintenir mes tabourets de sortie. Il va falloir les emmener au garage. Je remets mon tapis en ordre et repose la table basse dessus.

Je file dans la salle de bain récupérer le balai et je le passe dans la seule pièce principale. Je donne un coup à ma kitchenette et je nettoie le petit frigo presque vide d'aliments. Seul un tube de mayonnaise trône sur la dernière étagère. Une bouteille d'eau minérale se la coule douce dans la porte. Un coup de chiffon pour chasser la poussière de mon écran plat suspendu au mur. Un coup aussi sur mes cadres de photos, beaucoup sont de moi et de Quentin. Il y en a aussi de mes parents. De temps en temps, deux à trois fois par an, c'est déjà bien, je lave les murs jaunes pastel à l'eau de javel.

D'habitude, quand j'ai cours, je fais le ménage le dimanche. Je prends un post-it et je note : corde pour escalade, gel douche, javel, produit-vaisselle, gants jetables, rosé, lait, café, sucre, pâtes, riz, boites d'haricots, de macédoine, de petits pois, purée, petits-dej, tablettes de chocolats et bonbons.

Voila pour ma liste de courses. Pas facile d'être étudiant ! Il faut tout gérer soi-même. Je dois repasser à mon jardin secret, déposer les tabourets et nettoyer. Je dois mettre de l'ordre depuis la frémissante sortie de ce week-end. Pas facile de tout caler quand c'est en désordre. Mais je vais prendre le taureau par les cornes pour faire en sorte de tout classer dans ma vie. J'ai un ami terriblement perturbant qui m'oblige et me contrôle. Mais je sais, en fait, qu'il n'est que l'ennemi de mon bien. Comme un frère jumeau... il est collé à moi. Entre me battre contre lui, ma vie et mes études, j'ai des journées moralement pénibles et bien chargées.

Une fois l'appartement en ordre, je file faire mes emplettes. Trois petits tours dans les rayons et je fais un crochet par mon garage. Discrètement, je pénètre par la porte arrière. Quatre murs de parpaing, un lavabo et un toilette simple.

J'ouvre la porte de gauche de ma vieille armoire car l'autre ne tient plus vraiment. Comme je ne suis pas bricoleur, elle reste ainsi. Je prends mon sac. Je l'ouvre et le vide. Il ne fait pas chaud. Je frotte mes mains pour me réchauffer.

J'énumère les choses à faire : remplir la bouteille d'eau, changer le gant de toilette, vérifier les piles de la lampe, remettre un morceau de corde, changer de rosé, de verres, détruire les gants jetables et les remplacer, désinfecter les ciseaux et laver la couverture de pique-nique.

Quand j'ai tout fini, je prends le morceau de papier où j'ai noté son identité et l'accroche, à l'aide d'un trombone, sur le sachet contenant mon souvenir. Je vérifie. Tout est bien écrit : Romain - 18 ans - Brun - Yeux bleu foncés - 17/3cm.

Je sors et rentre chez moi. Je vide mon coffre du reste de mes achats. Puis, je descends au bar-tabac. Je m'arrête face à la porte. Une affiche attire mon attention.

« Le cadavre d'un jeune homme, à peine majeur, découvert hier après-midi dans une forêt, pose problème. Il serait mort par strangulation. Les enquêteurs attendent les conclusions du médecin légiste. »

Je ne me sens pas très bien. Je me sens pâlir. Je pousse la porte.

« Salut ! Un café, s'il te plaît, Momo.

- Salut ! Je te prépare ça. »

Maurice, dit Momo, patron du bar tabac. Taille moyenne, chauve, l'œil rieur, un ventre en forme de ballon. Il est toujours habillé en jogging, marcel, et claquettes aux pieds. Un petit bistro sympathique d'une vieille époque. La tapisserie est ternie par les années. Une odeur de lavande vole quand on rentre. La clientèle rend l'endroit plus accueillant par ses cancans.

Je prends le journal et m'assois à la table du fond, vers les toilettes. Je lis et relis cet article, sans rien comprendre. Les mots strangulation et forêt résonnent dans ma tête. Ce n'est pas Romain car ce meurtre a eu lieu en Domorge. Je sens la colère me monter au nez. Je suis vexé au fond de moi. Je sens mon visage devenir rubicond. Il faut que je me calme. On pourrait voir mon indignation. Qui me copie ? Qui ose faire ça ? Maurice m'apporte mon café.

« T'as vu ça ? me dit-il. C'est fou le monde aujourd'hui ! Où va-ton ?

- Oui, ça fait même peur de sortir.

- D'après l'article, il avait 18 ans. Il n'a pas profité celui-là. C'est triste !

- Oui, très triste. »

Il pose le café devant moi et retourne à son comptoir. Je sens ma gorge se serrer. Je ne comprends pas. Je vais suivre cette histoire de près. Je me lève, m'approche du comptoir et règle l'addition. Un signe de la main en direction de Momo et je sors.

Qui ose reproduire, m'imiter ainsi ? Je vais mener mon enquête et chercher sur la toile plus d'informations sur le sujet. Je file chez moi. J'ouvre la porte de ma chambre, me déchausse et je rentre.

Je m'installe face à mon bureau et j'allume mon ordinateur portable. Sur le moteur de recherche, je tape les mots-clés : forêt, strangulation et Domorge. Je parcours les différents articles mais je n'apprends rien de plus. Enfin si, c'est le troisième fait similaire. Bizarre !

Mardi 8 heures, je vais boire un café chez Momo et surtout, lire le journal. D'habitude je ne l'achète jamais car je n'y trouve rien d'intéressant. Y'a qu'les abrutis qui ne changent pas d'avis ! Je l'achète.

« Salut Momo ! Un café et un verre d'eau, s'il te plaît. J'ai pris le journal aussi.

- Comment vas-tu mon grand ? Je te sers dans une minute.

- Bien et toi ?

- Ça va.

- Merci. »

Je vais m'asseoir à la même table qu'hier. Page des faits divers Tourgeaux :

« *Un jeune garçon retrouvé pendu dans une forêt au sud de l'Indoux et Loron.*

Le garde-chasse a découvert le corps lors de sa ronde matinale. D'après les premiers éléments portés à notre connaissance, il s'agirait d'un suicide. *Depuis quelques temps, une vague de suicides frappe notre département. Les forces de l'ordre s'interrogent. C'est le troisième cas identique depuis six semaines. Que se passe-t-il ?* »

Cet article me concerne. Si Momo savait… Je feuillette les faits divers nationaux. Pas un mot sur le mort de Domorge.

Début d'après midi, je suis sur mon banc, mon carnet face à moi. J'écris.

Aujourd'hui dans le journal, on parle de mes faits. Je ne comprends pas. Ils n'ont rien demandé à personne pour mourir si jeunes. Pourtant, au fond de moi, je n'ai aucun remord. Je reste indifférent.

Samedi, j'ai hâte d'être avec Quentin. Ma patience légendaire dans mon futur métier n'est plus face à cette attente. Pourquoi ? Pourquoi je fais cela ?

La semaine se passe dans le mouvement du repos. Je suis un peu allongé comme sur un transat, les pieds en éventail. J'en profite pour me balader, traîner en ville. Je prends le temps de vivre. La semaine défile au fil de mes pensées. Je prends l'habitude, le matin quand je le peux, de m'arrêter boire un café chez Momo. Ce samedi n'échappe pas à la règle, mais toujours pas d'info sur les meurtres de Domorge.

Quatrième chapitre

Le centre

12 h 45, je vais manger un bout au kimakf. L'environnement coloré et les odeurs ouvrent l'appétit. Il n'y a pas beaucoup de tables disponibles. Je rentre et m'avance jusqu'au comptoir.

« Bonjour.

- Bonjour Monsieur. Je vous écoute.
- Un menu makik, frites et orangeade, avec sauce mayo.
- C'est noté. Six euros quarante, s'il vous plaît.
- Voilà !
- Merci ! Bon appétit. »

J'attends sur la file de gauche. L'odeur des aliments me donne encore plus faim. Ma commande arrive. Je la prends et m'assois à la première place disponible. Au lieu de savourer tranquillement, je dévore par crainte de me le faire voler.

Après le repas, je me demande toujours pourquoi je dois débarrasser mon plateau. Après tout, je paye. Enfin ! Je vide mes déchets dans la poubelle et je sors.

13 h 38. Je marche jusqu'au parking, chercher ma voiture, direction le centre où réside Quentin. Il m'attend. J'arrive sur le chemin qui mène au grand parc et me gare sous l'énorme chêne. À croire que c'est ma place depuis un an. Je l'aperçois devant les portes de l'établissement. La devanture paraît triste face au sourire de mon ami. Mes lèvres se transforment en smiley en guise de réponse. C'est un grand bâtiment. Les murs sont un peu décrépis. L'ambiance hôpital est assez prononcée mais le personnel est sympathique et le jardin est très agréable. Je me dirige vers lui, le prends dans mes bras et le bise. Il me serre fort.

« Comment vas-tu Quentin ?

- Je vais bien.

- Qu'as-tu fait pendant ces quinze jours ?

- J'ai dessiné et j'ai marché avec Francine. »

- Ah ! C'est bien ça ! Tu m'attends ? Je vais parler avec le docteur Fuchs. D'accord ? J'en ai pour une ou deux minutes.

- Oui, d'accord ! Je vais dans ma chambre.

- OK ! À de suite, mon grand. »

Je me dirige vers l'accueil, une espèce de comptoir d'une hauteur d'un mètre cinquante au moins. Bon, la couleur ne fait pas fuir. Un jaune soleil sur le devant et un bois en pin en guise de plateau.

« Bonjour madame. Pourrais-je voir le docteur Fuchs ?

- Bonjour monsieur. Oui, bien-sûr. Je l'appelle pour vous signaler.

- Merci. »

Je vais m'asseoir dans la salle d'attente. Je reconnais bien l'odeur qui se fait sentir. Le même désinfectant que l'hôpital. Toujours les mêmes magazines pour femmes ! Seul, j'attrape une revue mais je n'ai pas le temps de le feuilleter. Deux minutes après, le docteur s'approche de moi.

« Bonjour Monsieur Lebon.

- Bonjour Docteur ! »

Il m'invite à le suivre et me laisse entrer le premier. La pièce est très lumineuse et très grande. Des cadres cachent la blancheur des murs. Il passe derrière son beau et grand bureau. Il s'assoit dans son siège en cuir noir.

« Je viens chercher l'autorisation d'emmener Quentin chez mes parents.

- Ah oui ! C'est vrai ! Alors je vous demanderais de faire attention.

Quentin fait régulièrement des crises les samedis où il ne vous voit pas. La dernière a eu lieu samedi dernier.

- Des crises ?

- Oui, rien de bien méchant en soi, mais une surveillance est de mise. Je ne vous en ai pas parlé jusqu'à présent car je ne voulais pas vous inquiéter. Quentin souffre de l'absence de ses parents. Je pense que votre présence comble un peu ce manque mais il doit espérer des visites plus fréquentes.

- Je comprends. Mais quel genre de crises fait-il ?

- Il entre dans une phase de mutisme et rejette toute présence. Il est difficile de percevoir ses intentions. Si cela devait se produire en votre présence, on ne sait jamais, je vous demande de respecter son besoin de solitude.

- Bien entendu, Docteur.

- Bien. Depuis combien de temps le soutenez-vous ?

- Et bien, le 3 septembre, je serai son parrain depuis un an.

- Déjà presque un an ! Quentin parle de vous chaque jour, vous savez. Il regarde par la fenêtre, à longueur de journée. Il guette l'arrivée de votre voiture. Il a confiance en vous et je pense que ce week-end lui fera grand bien. Ces moments avec vous sont un véritable atout pour lui.

- C'est aussi un bien pour moi Docteur ! C'est un peu mon petit frère. Demain matin, nous serons de retour avant 10 heures. Mes parents se feront une joie de nous accompagner.

- Parfait ! L'autorisation sera disponible à l'accueil dans quelques minutes.

- Merci Docteur. »

Je ressors dans le grand hall aux murs blancs. Les tableaux diffusent les seules couleurs. Ils embellissent l'espace. Des peintures faites par les enfants, certainement. Je me pose sur le même fauteuil et j'attends. La secrétaire me fait signe. Je m'approche.

« Monsieur, vous pouvez rejoindre Quentin. Je finis de taper votre autorisation et je vous l'apporte directement dans sa chambre.

- D'accord. Merci bien. »

Je sors et traverse le couloir. Je me dirige vers la chambre de Quentin. Je frappe.

« C'est qui, qui frappe ?

- C'est moi, Mickael.

- Toi Mickel ?

- Oui c'est moi.

- Rentre.

- Je suis heureux de te voir, Quentin.

- Moi aussi, Mickel. »

Il n'arrive pas à dire mon prénom, mais je ne lui dis rien. Sa chambre ne change pas. Seul le tableau noir ne porte plus les mêmes motifs faits par la main de son utilisateur. La craie doit y grincer souvent. Sinon, une chambre banale. Son lit est nickel. Aucune poussière ne traîne.

« Alors, tu es content de venir avec moi, chez mes parents ?

- Oh oui ! Ils sont comment ?

- Mon père est docteur aux urgences de Tourge. Il n'a pas beaucoup de cheveux et ils sont blancs. Il porte de fines lunettes rondes argentées et un collier de barbe blanc. Il est aussi grand que moi mais plus vieux. »

Un sourire se fait visible sur nos visages.

« Mais toi, t'es pas vieux ! T'es beau !

- C'est gentil Quentin. Tu verras, ils sont gentils mes parents.

- D'accord ! Et ta maman, elle est comment ?

- Petite, brune et elle travaille à la maison.

- Moi, ils sont au ciel. Je les ai jamais vus mais ils sont gentils aussi. Ils me regardent tous les jours. Alors je fais plein de dessins pour eux. Sylvain... Tu sais le monsieur habillé tout blanc comme les murs ?

- Oui, je vois qui c'est, Quentin.

- Ben, il leur apporte tous les vendredi. Je sais aussi que c'est ton anniversaire. Je t'ai fait un cadeau mais je ne veux pas te dire ce que c'est.

- Ne t'inquiète pas. Je saurai attendre le moment venu, OK ? »

Toc ! Toc ! Toc !

« Qui c'est ?

- C'est Madame Brigitte. Je peux entrer ?

- Oui, Madame.

- Monsieur Lebon ?

- Oui ?

-Voici l'autorisation !

- Oh ! Merci Madame.

- Au revoir Quentin. Passe un bon week-end. »

Elle me salue.

« Monsieur !

- Madame, au plaisir ! »

Quentin me regarde avec de grands yeux.

« Prépare quelques affaires, Quentin.

- Oui Mickel. Ton papa a les cheveux blanc mais toi, non. Pourquoi ?

- Moi je suis blond car je suis plus jeune. Mais quand je serai vieux mes cheveux seront blancs, aussi.

- Comme ton papa ! Il a les yeux bleu clair comme toi ?

- Non, les siens sont plus foncés. Les miens sont de la même couleur que toi.

- Oui les mêmes. On est frères, alors ?

- Oui si tu veux, on peut être frères.

- Je prends mon nounours avec moi. Sinon, il va être triste. Il n'a que moi pour dormir.

- OK ! Pas de souci, Quentin. Mais prends aussi ton pyjama.

- D'accord ! »

Tout est prêt. On ferme sa chambre et on prend le couloir pour atteindre la sortie. On s'arrête pour saluer le personnel.

Arrivé à la voiture, je pose son sac dans le coffre et je l'aide à mettre sa ceinture de sécurité. Il sait pourtant le faire mais je ne peux m'empêcher d'être sa nounou.

« Mais laisse-moi faire ! Je sais le faire ! Regarde !

- Je le sais mais je veux juste t'aider pour que tu sois bien, c'est tout.

- C'est gentil, Mickel. »

Il redéfait sa ceinture de sécurité pour que je lui rattache. Comme quoi l'intelligence ne fait pas partie de la maladie. Je monte et prends la direction de chez mes parents.

Assis à côté de moi, Quentin regarde le ciel, les arbres. Il doit refaire le monde en couleur ou le décoder à sa manière. Tout lui semble beau et gentil. Je me dois de le protéger du monde cruel qui l'entoure. Je serais capable de tuer pour le défendre. Il sourit sans un mot. Il a l'air heureux. Je pense à ses crises du samedi. Ressent-il vraiment un manque en mon absence ? Et pourquoi le samedi ? Le paysage défile très vite sous ses yeux. Il l'admire. Il baisse et remonte la vitre, simplement pour voir ses cheveux voler au gré du vent.

En vue, la propriété de mes parents. Quentin me donne le nombre de chaque chose qu'il a chiffrée. Les arbres, les voitures roulantes ou arrêtées. Je suppose que le nombre répertorié est exact. Je m'engage dans l'allée goudronnée et me gare juste à côté de la voiture de mes parents.

Ils sont sur le seuil. Ils sourient et viennent à la rencontre de mon protégé. Pour la première fois, à part sur photo, ils vont enfin découvrir cet adolescent au visage d'enfant. Ils vont enfin voir le petit rouquin dont je leur parle sans cesse. Il n'est pas très gros mais il porte un énorme cœur. Je l'aime beaucoup. Surtout ce côté qui fait de lui un être tendre quand il tourne ses cheveux entre ses doigts.

« Maman, Papa, voici Quentin ! »

Ma mère s'approche et l'embrasse.

« Bienvenue Quentin ! Nous sommes heureux de te recevoir.

- Moi aussi Madame. »

Ma mère sourit. Mon père lui tend la main mais Quentin ne réagit pas.

« Papa, il faut lui faire la bise. Il ne sait pas dire bonjour autrement.

- Oh, pardon mon garçon ! »

Mon père embrasse Quentin. Puis, nous entrons dans la maison. Belle bâtisse de cent quarante mètres carré des années mille neuf cent. Volets en chêne aux couleurs dorées.

Cinquième chapitre

Anniversaire

Quentin est ébloui par le décor. Je le comprends. Quel changement entre son petit chez lui et ici ! Je lui fais visiter rapidement. L'intérieur simple d'une famille simple, certes avec un peu de moyen. Après avoir parcouru les pièces communes, je l'emmène dans l'une des quatre chambres, sa chambre.

« Voilà Quentin ! Ce soir, tu dormiras ici. Ma chambre est juste à côté. Si tu as besoin de quoi que ce soit, tu m'appelles, d'accord ?

- D'accord. Elle est très belle ma chambre. J'aime bien le lit. On dirait un bateau. Hé ! Regarde les tableaux. Ils sont très beaux.

- Oui, c'était ma toute première chambre, tu sais. Allez ! On retourne dans le salon. Suis moi, on va passer par un autre chemin. »

Nous descendons l'escalier pour rejoindre le sous-sol.

« Quelle jolie voiture rouge, Mickel !

- Oui elle est jolie ! C'était ma toute première voiture. Je l'ai eue juste après mon permis de conduire. Mais j'ai travaillé pour l'acheter, tu sais.

- Elle est très jolie ta voiture. Elle a quatre rayures sur le côté. Et à l'arrière, y'a dix-huit billes. Elle est vraiment jolie. Pourquoi tu viens pas me voir avec ?

- À vrai dire, je pourrais si tu veux.

- C'est vrai ? Je veux bien. Et avec les dix-huit billes.

- D'accord, Quentin ! Allez, on va se laver les mains et manger.

- D'accord. »

On remonte par la porte d'entrée. Après un petit tour dans la salle de bain pour se laver les mains, je lui montre sa place et m'assois à sa droite. Il sourit.

Mon père se met face à moi et ma mère face à Quentin. Je sens une gêne quand mes parents nous regardent. La pièce est grande. Un luminaire géant éclaire l'ensemble. La table est immense. Autrefois, elle appartenait à une famille très nombreuse. Ils habitaient dans une ferme.

À l'apéro, nous trinquons pour mon anniversaire. Quentin rit quand on fait toucher nos verres.

« C'est pas mon anniversaire à moi ! C'est celui de Mickel. Moi j'ai 15 ans et trois mois. Et toi ? T'as quel âge ?

- J'ai 26 ans, aujourd'hui.

- Tu es grand, aujourd'hui !

- Oui, en âge, Quentin. Sinon je ne suis pas très grand.

- Moi non plus, je suis pas grand, ni dans mon âge. Tu es grand comment, toi ?

- Je mesure un mètre soixante et onze. Et toi ?

- Moi, je ne sais pas. Tu peux me le dire ?

- OK ! Viens avec moi. Papa, je peux rentrer dans ton bureau ? »

Mon père me fait signe de la tête pour me dire oui. Nous entrons dans la pièce. Une pièce qui ressemble à tout bureau médical.

« Hé ! On dirait toi sur la photo, là !

- Oui, c'est moi quand j'avais cinq ou six ans, Quentin.

- Tu es toujours le même alors.

- C'est vrai, je n'ai pas changé. Approche-toi du mur, Quentin. Je vais t'aider à te placer.

- D'accord. »

Je l'aide à se positionner comme il faut et le mesure.

« Tu es grand, Quentin ! Presque comme moi.
- Combien je suis grand ?
- Tu mesures un mètre soixante-cinq.
- Ah oui ! Je suis grand ! »
Il sourit tellement. J'en ai mal pour sa mâchoire.
« Viens ! On va le dire à mes parents.
- Oh oui ! C'est moi qui vais le dire ! s'exclame-t-il fièrement. »
On retourne s'asseoir.
« Je mesure un mètre soixante-cinq. Je suis grand.
- Oui, tu es très grand. répondons nous en chœur. »
Ma mère va chercher l'entrée et revient.
« Avocats avec allée de crevettes dans son lit sauce cocktail. dit-elle avec le sourire. »
Hum ! Ce fut un régal.
« Madame, c'était très bon. Surtout les 16 crevettes dans le plat.
- Merci Quentin ! »
Elle a toujours le sourire aux lèvres. Le plat suivant est également une réussite. Quentin a compté les morceaux de viande. On a tous souri. Enfin, arrive le plateau de fromage. Il se régale. Je suis content de le voir manger avec passion et contentement. Pour le dessert, mon père éteint la lumière. Ma mère revient avec un beau gâteau éclairé de 26 bougies.
Waouh ! fait Quentin.
« Quentin, aide-moi à souffler les bougies.
- Tu n'y arrives pas ?
- Non ! Tu veux bien m'aider ?

- Oui ! »

On souffle tous les deux. Aucune bougie ne résiste à notre force. Un éclair sorti de nulle part vient se joindre à nous.

« Et voila ! C'est dans la boite ! dit mon père. »

Des cadeaux m'attendent sur la table basse. Je prends la main de Quentin et me dirige pour les ouvrir. Le premier c'est celui de mon père. Une belle montre. J'ôte la vieille montre et la remplace par la nouvelle. Puis, je tends l'autre à Quentin. Il la regarde, l'admire. J'attrape son poignet et attache la montre. Il est très fier. Il garde le bras levé, pour laisser son trésor en évidence.

« Merci papa ! Je serai toujours à l'heure et je penserai à toi quand je regarderai l'heure. »

Je le prends dans mes bras et l'embrasse tendrement. Le deuxième cadeau vient de ma mère.

« Mon cadeau c'est celui-là ! me dit Quentin. »

Il désigne de son doigt un tube de grande taille entouré de papier doré. Je le regarde en souriant.

- Oui mon grand ! Je l'ouvre juste après, promis. »

Maman m'offre une chaîne en or très belle avec un petit pendentif gravé « je t'aime mon fils ». Je me réfugie dans ses bras et chuchote :

« Moi aussi je t'aime, Maman. Je suis très touché. »

Il reste un cadeau. Je m'approche. Les yeux de mon filleul brillent de plaisir. J'enlève le papier doré et ouvre le tube. Mon cœur, rempli de joie, prend son temps. Le suspens met mon entourage en haleine.

Je sors du tube une feuille de papier épaisse au format A3. C'est une magnifique peinture avec une belle précision. Elle représente deux personnes ; lui et moi, quand nous sommes au restaurant. Les coups de pinceau sont parfaits. Je suis ému. Je me dirige vers lui, le prends dans mes bras et sanglote.

« Merci mon ami, mon petit frère d'adoption ! C'est vraiment un magnifique cadeau. Ça me touche énormément. »

Je regarde par-dessus son épaule. Mes parents sont touchés par mon émotion mais semblent gênés. Est-ce à cause de ma réaction ? Ce présent est un joyau pour moi.

Après une soirée riche en émotion, il est temps d'aller se coucher. Mon invité baille ; sans doute le régime hospitalier. L'habitude de se coucher à 21 heures ne l'aide pas à garder les yeux ouverts. Je l'accompagne à sa chambre et le laisse se changer.

« C'est bon ! Tu peux venir, Mickel.

- Je suis là ! Allez, couche-toi !

- Oui. Tu es content de mon cadeau ?

- Oh oui ! Même très content ! Tu m'as vraiment fait un très beau cadeau ! Merci, c'est très gentil.

- Je l'ai fait pour toi car tu es mon ami.

- Je suis très touché. Allez, il faut dormir maintenant.

- Oui Mickel. Bonne nuit.

- Toi aussi, bonne nuit Quentin. »

Je l'embrasse tendrement et borde ses couvertures pour qu'il soit bien. J'éteins et lui fais un petit signe.

Je fais de même. Couché, ma lampe de chevet allumée, j'admire sa peinture et m'envole dans un rêve.

8 heures. Je suis réveillé par un bruit dans la chambre d'à côté.

Et Soudain, Toc Toc Toc !

« Qui est là ?

- C'est moi !

- Qui moi ?

- C'est Quentin. Je suis réveillé depuis un moment. Je voudrais me laver.

- Oui, bien-sûr. La porte sur le mur de droite de ta chambre mène dans la salle de bain. Tu y trouveras ce qu'il te faut. Tu as besoin d'aide ?

- Non, je suis grand. Je mesure un mètre soixante-cinq.

- D'accord Quentin ! À tout à l'heure.

- Oui, à tout à l'heure. »

Je l'entends bouger dans la chambre. Cinq minutes après, la douche coule. Je me lève et fais de même. Après, nous allons déjeuner. Ma mère est déjà en action dans la cuisine. Nous sommes accueillis par un bonjour joyeux.

« Bonjour Maman.

- Bien dormi, mon grand ?

- Oui très bien. Je me suis endormi avec plein d'étoiles. »

Puis, elle s'adresse à Quentin.

« Et toi, Quentin ? Tu as bien dormi ? »

Il s'approche et fait la bise à ma mère.

« Oh oui ! Bien dormi !

- Tant mieux, alors ! Du chocolat au lait avec des tartines au beurre. Ça te va ou tu veux autre chose, Quentin ? »

Il réfléchit un instant.

- Heu... non je veux ça ! »

Une brioche trône sur la table. Ma mère sourit.

« D'accord Quentin ! Excuse-moi, j'avais oublié la brioche. »

Après le petit déjeuner, on se prépare. Comme promis au docteur Fuchs, je dois ramener Quentin avant 10 heures. Je regarde l'heure sur ma nouvelle montre : 9 h 15. Je préviens mes parents qu'il va falloir partir. Ils viennent avec Quentin et moi dans mon ancienne voiture. Mon père me sourit.

« Revivre quelques souvenirs, c'est bon pour la mémoire.

- Oui c'est vrai. Mais c'est aussi pour faire plaisir à Quentin. Il l'adore. Je l'ai vu dans son regard quand je lui ai montrée hier.

- Très bien mon fils. »

Après quelques essais infructueux, la chance me sourit et elle démarre enfin. En route pour l'institut. Après avoir déposé Quentin, je me sens seul. Les « au revoir » étaient plus difficiles, cette fois. C'est magique quand je suis avec lui. C'est une personne unique et formidable.

Mes parents me parlent de ma relation avec lui. Elle est très forte et cela me va bien de m'en occuper. Ils le trouvent très gentil et attachant. Sur la route, je m'arrête car mon père a besoin de cigarettes. J'en profite pour acheter le journal. Je dépose mes parents puis je rentre chez moi.

Sixième chapitre

Mardi

Lundi, j'ouvre la page des faits divers locaux.

« *Affaire des pendus d'Indoux et Loron.* L'enquête avance. La police ne divulgue aucune information mais, selon nos sources, les enquêteurs seraient sur une piste. »

Je tourne les pages jusqu'au faits divers nationaux :

« *Domorge.* D'après une source judiciaire, les jeunes hommes retrouvés morts étranglés seraient l'œuvre d'un tueur en série. L'enquête s'annonce difficile. La gendarmerie de Bergeron demande à la population d'Évret de fournir toute information pouvant étayer leurs investigations. »

Comment puis-je me renseigner sans montrer mon importance à ces faits ? Je vais y réfléchir. La journée se passe au gré de mes différentes occupations. Mardi, je me lève. Il est 10 heures à ma montre. Ah, les vacances ! Quel bonheur !

Je me douche et vais au bar. J'apporte ma serviette en cuir marron, celle où sont rangés mes cahiers et cours importants. Je ressors avec le journal sous le bras. Le temps défile et la faim me rappelle à l'ordre. Je m'arrête manger un kebab. Voilà ! Mon ventre ne crie plus famine. Je me dirige vers mon banc habituel, il y en a pourtant plus d'une dizaine mais moi, c'est celui-là. Il est situé juste en face de l'université de l'autre côté de l'étang. Un endroit arboré et calme. Peu de personnes viennent s'y poser. Je suis tranquille et dans le secret de mes écris. Je sors mon stylo et mon cahier du mardi.

Mardi 10

Un week-end magnifique en compagnie de Quentin. Mon annif en sa présence était un vrai un régal. Son cadeau m'a énormément touché. Depuis, je me pose une question. Pourquoi mes parents se sont-ils sentis gênés ? Les crises de Quentin m'inquiètent. Comment puis-je l'aider ? Et pourquoi je fais cela ?

Comme si ce n'était pas assez compliqué, d'autres choses viennent s'ajouter.

Je repars et rentre chez moi. Personne n'était présent au parc. Normal ! Il faut être fou d'y passer l'année entière et de revenir pendant les vacances. Y'en a qu'un, c'est moi ! La semaine se passe sans autre événement…

Septième chapitre

Malgré la peur

Samedi soir, je suis prêt pour ma sortie. Rien ne manque à mon programme. Enfin si, une chose, la plus importante. Mais je vais la récupérer comme d'habitude, si il y a de la réserve au stock de cette boîte.

00 h 15, je ferme la porte et je descends jusqu'au parking. Je monte et démarre la voiture. Direction : ma planque. Je me gare et fais tourner le moteur du camion. Je vais chercher mon sac de soirée et me voilà parti pour la boîte de nuit.

J'arrive à l'entrée du parking. Je scrute la place pour me garer à l'écart, non loin d'un bosquet urinoir. Je descends discrètement et je me mets dans l'ombre en attendant. Les secondes et les minutes passent. Toujours rien à me mettre sous la main. Je suis nerveux à force d'attendre mais il faut que je garde mon sang froid. Il ne faut pas que je devienne imprudent. Je regarde ma montre. Je sors pour me dégourdir les jambes. Il n'y a personne, j'en profite pour m'étirer. Il ne faudrait pas que je chope des crampes au moment fatidique. Cela casserait l'ambiance et il serait peut-être dégouté. À 2 h 20, je reprends ma place.

Quelques minutes après, un jeune sort. Vu sa démarche, il est sûrement bourré. Il se dirige vers un fossé. Je lui laisse le temps de soulager sa vessie. Il ne faudrait pas qu'il me pisse dessus. Il commence à uriner. Je me dirige discrètement derrière lui, armé de mon chiffon. Quand il a fini, je passe la main par-dessus son épaule. Mais… il se retourne pour vomir. Je recule d'un pas rapide. En me voyant, il hurle de peur. Je lui ai vraiment fait peur. Je me retourne et je pars en courant. J'ai perdu mon sang froid.

Je monte dans le camion et je pars sans demander mon reste. J'ai très peur. Ce n'est pas mon genre de flipper comme ça. La pression monte d'un cran. Je tremble. Je roule sans voir défiler les kilomètres. Je me gare sur le seul parking d'un village. Je suis à vingt kilomètres de la boîte !

Je descends et marche en direction d'une sapinière. Je rentre sur le chemin, les voitures passent. Soudain, j'ai un haut le cœur. Une voiture de gendarmerie passe à vive allure. Je fais style de rentrer chez moi. Mon corps transpire. Mes doigts se moisent de peur. L'air manque à mes poumons. J'accélère le pas tant bien que mal et me faufile au cœur des sapins.

Ma tête se retourne sans cesse. Les battements de mon cœur font le marathon. Au fond de moi, je stresse. Si j'étais fumeur et si je roulais du tabac, la première feuille se déchirerait à cause de mes tremblements. La deuxième, je la ferais difficilement. Et à peine allumée, elle serait déjà consumée jusqu'au carton.

Je continue à marcher. J'aperçois une butte. Je monte et me dissimule. De là-haut, je vois la route éclairée du village. Des tas de choses traversent mon esprit. Je les imagine prés de mon camion, à chercher et à interroger les passants. Je n'ose pas y retourner. Je reste prostré là, comme si j'étais en faction.

Au bout d'un moment, je sens l'air m'oxygéner à nouveau. La peur se dissout peu à peu. Je reprends le contrôle de moi-même. Je décide de contourner le village et de rejoindre mon moyen de transport.

Seul avec mes pensées, ma peur est encore présente malgré un léger mieux. Je regagne la civilisation. La frousse m'a donné mal au ventre. Dans ces moments là, tu réalises : un rouleau de papier toilette peut te rendre grave service. Mon estomac veut se vider, tellement j'ai les chocottes. Je dessers ma ceinture pour respirer davantage. Je marche en serrant les fesses.

Ouf ! Mon ventre récupère sa forme. Il n'a plus besoin du fameux rouleau. J'arrive sans encombre à mon véhicule. Je démarre et pars en direction de ma base. Environ une vingtaine kilomètres à parcourir. Je regarde l'heure. 5 h 25. Je me suis planqué un bout de temps ! J'ai retrouvé mes facultés.

Je roule doucement, pas la peine de se faire remarquer. Je croise une voiture avec le bleu fonctionnant, mais ce n'est pas pour moi.

Je prends un rond point, je continue tout droit et j'aperçois un auto-stoppeur. Je décide de m'arrêter. Il tape à mon carreau.

_ La peur n'empêche pas le vice de la perversité de reprendre le dessus._

« Salut ! Je sors de boite. Je voudrais rentrer à Faiblard. C'est juste avant Tourge.

- Oui, je connais. Grimpe ! »

Il monte. Il est jeune, brun, yeux noirs, à peu près ma taille, carrure normale. Il ne doit pas être bien fortuné car il est habillé dans la richesse des pauvres.

« Moi c'est Mickael et toi ?

- Vincent.

- Tu as quel âge, Vincent ?

- J'ai 18 ans et toi ?

- Moi 26, depuis samedi dernier. T'as trouvé ton bonheur en boîte ?

- Non, aucune proie !

- Ah ! Comme moi ! »

On se met à rire.

« Pas facile de trouver, lui dis-je.

- Non, elles sont difficiles à approcher. En plus, je suis timide. Ça n'arrange rien.

- Ça, c'est sur ! Je te comprends car je suis pareil. Tu aimerais avoir une fille dont tu pourrais faire ce que tu veux ?

- Ben, sincèrement oé… Car je vais te dire, j'ai jamais eu de copine.

- Ah oui ? Pourquoi ?

- Ben, là, j'arrive à parler car j'ai fumé un pétard.

- OK ! Mais tu peux fumer et draguer.

- Non car je suis souvent la cause des moqueries des filles.

- Ah OK ! Je te comprends. Moi c'est pareil, tu sais.

- Enfin ! Peut-être que je finirai par trouver !

- Oui, il faut garder espoir. Tu fais quoi dans la vie ?

- Rien. J'ai arrêté l'école à 16 ans.

- Ah Oui ? Pourquoi ?

- Ben, j'suis pas du tout scolaire. J'ai redoublé deux fois.

- Oui mais ce n'est pas grave. Tu travailles ?

- Non, j'fais rien. Enfin, sauf chez mes parents.

- Tu fais quoi chez tes parents ?

- Je m'occupe des animaux. Je coupe le bois. Et plein de choses encore.

- Ils ont une ferme, si je comprends bien ?

- Oui, mais que pour nous. De temps en temps, on vend des œufs et des poulets. Et toi ?

- Je suis étudiant en médecine.

- Ah ! C'est pas trop dur ?

- Non, ça va. »

J'arrive dans son village et le laisse sur la place de l'église. Après un échange de téléphones, je le quitte. Qu'est-ce qui m'a pris de lui parler de ça ? Il est vrai, le niveau n'est pas très élevé, mais quand même. Je ramène le camion et je rentre chez moi. La fatigue est là.

Huitième chapitre

Une future amitié

Le réveil est plutôt difficile, ce dimanche. J'ai mal dormi. Je me lève et prépare un bon déjeuner. Je me sens fatigué, vidé par les événements de cette nuit. Mon portable vibre et annonce un texto. Le temps que le café se passe, j'avance vers mon tel. Je le prends et regarde le message :

Salut ! Je voulais te remercier pour m'avoir pris en stop. Notre discussion m'a fait du bien et je veux reparler avec toi, si tu veux bien. À plus. Vincent.

Encore endormi, je lui réponds.

Salut Vincent ! Ce fut un plaisir de te dépanner. Je suis d'accord pour te revoir. À plus. Mickael.

Les échanges entre eux se feront fréquents dans la semaine. Au fil de leurs discussions, un lien se crée dans l'ombre du mal.

Salut Mick ! Depuis notre rencontre, je me sens enfin libéré. Je voulais te dire que tu es mon seul ami à qui je me confis. J'aimerais te demander si on peut reparler de mon envie que je t'ai avouée.

Waouh ! Dès le matin, il attaque le sujet.

Salut ! Non je n'ai pas oublié notre dialogue. Mais il serait préférable d'en parler de vive voix. Et de rien, ça ma fait plaisir de t'emmener. Mickael.

OK, je me doute bien. On peut se voir aujourd'hui ? Vincent.

Ben quand es tu dispo et où ? Mick

15h au stade de foot FFTOURGE. Vince

> OK va pour 15h. Mick

Je reviens à ma kitchenette et me verse un café. Je prépare deux tartines et je déjeune en écoutant la radio locale. J'appréhende le rendez-vous de cet après midi et j'ai hâte en même temps. Je me lève, fais la vaisselle et nettoie la table.

Heureusement, il n'y a personne car je suis en boxer. Je me dirige vers la salle de bain. Je prends une douche. Je sors et m'habille. Sweat blanc, jean noir, chaussettes noires, boxer mauve. J'aime bien ce boxer. « Voie sans issue » est inscrit à l'arrière.

Je me dirige vers la porte d'entrée et enfile mes chaussures de ville noires. Je suis looké comme un beau gosse. Je lève mon poignet et regarde l'heure. 14 heures. Je descends me promener avant mon rendez-vous.

Puis, je grimpe dans ma voiture et prends la direction du stade. Je me gare sur le parking. L'endroit est désert. Pas un bruit. La pelouse est impeccablement tondue. Assis sur les tribunes, Vincent me regarde avec un sourire aux lèvres. Je m'approche et m'installe à côté de lui.

« Salut Vincent !

- Salut Mick !

- Alors, bien dormi ?

- Oui et toi ?

- Ça va. »

Il se tourne vers moi, le regard absent. Il hésite puis se lance.

« J'ai réfléchi en rentrant. Tu pourrais m'aider à me venger ?

- Ce n'est pas si simple Vincent. On doit se connaître un peu, d'abord.

- Ben, c'est normal, non ?
- Si tu me dis ce que tu souhaites faire pour te venger …
- OK, je te l'écrirai. Mais tu riras pas de mes envies, hein ?
- Non. Il faut du respect entre nous et une complicité. Cela nous amènera la confiance mutuelle.
- Oui, c'est vrai.
- Dis moi Vincent, que fais-tu dans la vie ? J'en connais déjà un bout, mais j'aimerais en savoir plus. Même sur ta situation familiale.
- OK ! Mais là, je n'ai pas trop le temps. Mon père m'attend. Il a besoin de moi cet après midi pour rentrer le bois de chauffage. On l'a coupé pour l'hiver prochain.
- Ah OK ! Ben, tu me l'écriras et tu me le transmettras demain, si tu veux. »

Il se lève.

« OK, ça me va. À plus, Mick.
- À plus, Vince ! Bon dimanche !
- Salut. »

Il s'éloigne. Je le perds de vue. Quel drôle de personnage, ce Vince ! Je rentre chez moi. Je m'installe devant la télévision. Je regarde un reportage, un film, une émission. La zappeuse me rend fainéant. Comme je ne me lève pas, je n'arrive pas à rester sur la même chaîne. La télé a raison de moi. C'est elle qui me regarde. Elle doit se marrer en me voyant ronfler.

Lundi matin 6 h 01, je me réveille encore pour la troisième fois. Je reste couché et je pense.

J'ai dû me rendormir car ma montre indique 7 h 47. Je saute du lit, coule le café et déjeune.

Un texto arrive. Je le lis.

Salut Mick ! C'est Vince. Je veux te dire que je te laisse une lettre au stade. Dans les tribunes, dernier rang à gauche. Je la mettrai dans un paquet de chips vide. Je la dépose vers 14 h 00. À plus.
OK Vince. Mais pourquoi tu ne me la remets pas en main propre ?
Parce que je peux pas. Je t'ai marqué tout dans la lettre. Tu comprendras. À plus.
OK ! À plus, Vince.

Sans chercher à en savoir plus, je replonge dans mes tartines et je me lance dans les corvées ménagères.

Waouh ! 13 h 29 ! J'ai traîné la savate, ce matin. Mais j'ai eu le temps de faire mon ménage, et de sortir et étendre le linge. Je m'habille enfin et je me rends au stade. Quand j'arrive, je vois Vince monter dans une voiture. Il m'a vu mais fait comme si de rien n'était. Enfin, je ne m'y attarde pas. Je monte au dernier rang à gauche. Là, effectivement, je trouve le sachet et le prends. Je récupère la lettre et jette l'emballage. Ce n'est pas bien de jeter n'importe où mais j'ai trop hâte de rentrer et de lire sa lettre.

À peine arrivé, je me laisse tomber dans mon clic-clac. J'ouvre délicatement la lettre sans l'abîmer.

    Salut !

Ma rencontre inopinée avec toi m'a rendu espoir. On se connaît pas, c'est vrai, mais je me suis senti à l'aise dés la première seconde.

Merde, il est tombé amoureux de moi !

T'inquiète pas, c'est pas ce que tu penses. Mais j'ai ressenti en toi, un ami. Tu sais, dans ma famille, on est huit à la maison. Je suis le troisième. Une place difficile. Mon père est très coureur de jupon. Il est rarement là et j'échappe pas à ses colères quand il est là, bourré. Si je t'ai pas donné la lettre directement, c'est parce que j'ai encore les traces de ses coups. Je me livre à toi car je sens une grande confiance. Mais je ne veux pas de pitié de ta part. J'ai une vie douloureuse mais j'y suis habitué.

Ma mère, elle, elle s'en fout de moi. Elle préfère l'alcool à ses enfants. Au collège, les filles se moquaient de moi. J'en ai marre d'être traité comme une merde.

Seul mon grand père me soutient dans cette famille. Lui, il m'aime. Je suis malheureux car il a une grave maladie.

Je voudrais me voir dans les journaux, faire la première page et montrer que je suis unique et connu.

Je crois que mes études vont servir. Il a besoin d'un suivi psychiatrique. Même si je ne suis pas encore diplômé, je vais l'aider.

Alors je voudrais me venger de tous ces maux qui me rendent malade.

Je sais que tu vas trouver ça bizarre, mais j'aimerais avoir une proie et me venger. Enlever une fille et lui faire subir toutes les brimades que j'ai reçues des autres. J'y avais déjà pensé mais la peur m'a toujours mis en touche.

Si tu veux m'aider, je serai à ton écoute et j'apprendrai.

Si tu trouves que c'est stupide et grave de penser à cela, je m'en excuse d'avance. Peut-être que je suis fou, un malade.

Je ne lui fais pas dire ! Étant interne en médecine, je devrais le signaler et tenter de le ramener à la raison. Son discernement est troublé par son vécu mais il faut vivre en soi pour soi et ne pas vivre en soi à cause de l'autre. Mais je le comprends aussi. Entre le bien et le mal, il n'y a qu'un pas.

Si tu ne veux plus me revoir et me parler, je comprendrai. Mais j'ai ressenti en toi une écoute et j'ai l'impression de pouvoir être entendu.

Merci de m'avoir lu jusqu'au bout. Je me sens soulagé de t'avoir écrit. Vincent.

Au moins, il est sincère envers lui. Je ne sais quoi dire. Je me pose une question, et pas des plus faciles. Que dois-je faire ? Une partie de moi voudrait l'accompagner, l'aider à remonter la pente en l'envoyant vers une unité de soins. Et l'autre voudrait lui enseigner le savoir de mon double intérieur.

Mais puis-je lui accorder ma confiance ? Mes pulsions me rendent plus proche de ce que je recherche sans savoir exactement quoi ni pourquoi. Je ne sais toujours pas pourquoi je fais cela. De plus, je vais reprendre le taf aux urgences de Tourge. Je vais avoir un planning chargé. Je dois réfléchir à ce problème et lui apporter ma réflexion.

Je ne lui envoie pas de SMS pour le moment. Je vais attendre un peu. Je prends le journal en passant et je me rends comme d'habitude sur mon banc du mardi.

« *Samedi difficile. La peur m'a gagné pour la première fois. La gêne de mes parents me fait penser à un secret familial. Je suis patient et je saurai trouver les réponses. Prendre le temps est la clé. J'ai lu des articles sur le tueur en série de Domorge.*

Apparemment, il se déplace. D'après l'enquête, les victimes ont toutes été tuées par strangulation, à l'aide d'une corde. Elles ont toutes été retrouvées dans une forêt. Aucune autre marque n'est signalée. Qui ose me défier ? Qui ose ? Je le saurai un jour. Aujourd'hui, je me sens un peu perdu. Ma peur de ce week-end, le doute concernant mes parents. Je suis rentré en phase de réflexion, de compréhension de ma vie. Suis-je entrain de me comprendre ? Ça tourne dans mon cerveau. Pourquoi ? »

Je range mon cahier et mon stylo et prends le journal. Je lis les faits divers.

« *Une tentative de meurtre sur un jeune homme a échoué. Il rentrait ivre d'une soirée et a été enlevé par un individu. Il doit son salut à un braconnier présent dans la forêt où le ravisseur tentait de l'étrangler. Lors de sa fuite, l'agresseur a oublié, sur place, la corde dont il se servait. La victime, en état de choc, est incapable de décrire son agresseur.* »

Je me lève et je marche sans but. Cette histoire me perturbe de plus en plus.

Vincent traverse mon esprit. Je prends mon portable et lui envoie un message.

Je suis OK. Il faut qu'on se voie et qu'on parle de tout ça.

Dans quel état est-il en lisant mon texto ? Aucune réponse de sa part. Je rentre chez moi. Je prépare à manger. Un SMS arrive.

OK ! Dis moi quand et où.

Je continue ma cuisine et réponds en même temps.

> Ce soir, devant la fac, à 22 h 00. Essaie de faire le mur. Personne ne doit te voir sortir.

Je mange. Aucune réponse de sa part.

21 h 30 Je range la cuisine et me prépare à sortir.

Neuvième chapitre

Révélation

Je marche dans le parc de la fac. Il fait noir et il n'y a personne en vue. Normal, c'est la nuit et les vacances. Vincent n'est pas là. Me suis-je donc trompé ? Je regarde autour de moi mais personne en vue. Je fais les cent pas. Enfin, il arrive. Je regarde ma montre. J'ai patienté plus de 20 minutes.

« Salut Mick ! Désolé. J'étais obligé d'attendre que mes parents soient partis et j'ai fait mes corvées avant de sortir. Sinon mon père m'aurait tué.

- Ce n'est pas grave. Comment vas-tu ?

- Ça va. En fait, je suis content d'avoir parlé et de m'être livré à quelqu'un.

- C'est gentil pour moi. Je vais t'aider à te venger mais il ne faudra parler de ça à personne.

- OK ! Je te promets.

- Suis-moi ! Je t'expliquerai en route. Personne ne sait que tu es sorti ?

- Non ! Ma famille est partie jusqu'à demain chez des amis. Je dois garder la maison, nourrir les animaux et faire le ménage.

- OK, allons-y ! »

Nous allons chez moi. Je l'invite à entrer et le fais asseoir sur mon clic-clac.

« Je vais te demander de m'écouter et de ne rien dire jusqu'à la fin.

- D'accord. »

Je lui raconte mes pulsions dans les moindres détails. Je lui parle aussi des souvenirs que je garde de mes victimes. Il ne bronche pas. Il est suspendu à mon récit. Je finis sur mon enlèvement manqué et ma rencontre avec lui.

« Waouh ! C'est incroyable !

- Oui je sais ! Mais c'est la pure vérité, Vincent.

- Ben, j'ai du mal à le croire ! Mais je te crois.

- Je vais te prendre comme victime et te faire la même chose. Comme ça, tu sauras tout et tu feras pareil à ta proie.

- Oui je suis d'accord. Mais tu ne vas pas me tuer ?

- Ben non. Tu seras ma victime mais ne t'inquiète pas, ce ne sera qu'une mise en scène. Et moi, en échange, je t'aiderai à te venger. Mais tu devras m'écouter et attendre le jour que je te dirai. Maintenant, je vais te montrer l'endroit où je planque. Veux-tu boire un coup ?

- Non merci.

- Alors, allons-y. »

Nous partons en direction de mon fief. Il est en ma possession. Je le sens. Un apprenti dévoué corps et âme. On arrive. Je mets des gants et le fais entrer.

« Pourquoi, tu mets des gants ?

- Quand je les porte ici, je suis un autre homme. Je me sens fort.

- Ah OK.

- Sur la table, il y a un sac. Vide-le et regarde son contenu. »

Il s'exécute.

Tout le matériel dont je lui ai parlé est devant lui. J'ai tout nettoyé à l'eau de javel. Même les sachets. À croire que la peur m'a rendu encore plus prudent.

« Très bien ! On va faire comme si je t'enlevais. Tu ne dis rien, tu subis et tu apprends. »

Quand j'en ai fini avec lui, je le fais monter sur le tabouret, la corde au cou.

« Alors tu as ressenti quoi ?

- Ben, j'ai eu peur, c'est vrai.

- As-tu aimé ?

- Je sais pas, je suis partagé. Mais à ta place, je pense que je saurais jouir de cette puissance.

- Bientôt tu seras aux premières loges. Tiens, prends ce téléphone portable. Tu le gardes avec toi sauf le samedi soir quand tu sortiras. N'oublie jamais de le laisser à un endroit bien caché. Ce sera sa planque. Il va te servir pour les textos au lieu du tien, OK ?

- Oui, OK ! J'espère que bientôt ce sera mon film à moi. »

Il est musclé. Ses abdos et ses pectoraux sont bien dessinés. J'ai un faible pour lui. Mais ce n'est pas une victime. C'est le bémol.

Durant la semaine, Vincent passe me voir tous les jours. Il devient impatient. J'ai vraiment peur. Et s'il craquait et passait à l'œuvre sans attendre ? S'il merde, je suis cuit. Aucune info sur l'autre meurtrier, ni sur mes victimes. La semaine se passe tranquillement.

Samedi matin, je suis réveillé depuis peu. Je pousse les couvertures sur le côté et je me lève. J'ouvre la fenêtre et rabat les volets. Il pleut. Encore une journée de merde ! J'attrape mon tel et compose le numéro de Vince.

« Allo Vince ? Comment vas-tu ?

- Ça va et toi ?

- Tranquille. Ta vengeance, c'est pour ce soir.

- C'est vrai ? Tu crois que je suis prêt ?

- Tu l'as en toi. Tu vas y arriver. Passe et je te dirai les deniers éléments.

- OK ! Vers quelle heure tu veux que je vienne ?
- Ben, dans l'après midi.
- OK ! Vers 14 h 00, ça te va ?
- Ça me va.
- À plus.
- À plus. »

Malgré son rendez-vous avec Quentin, Mickael donne la chance, ou plutôt l'horrible chance, à un tueur refoulé, de s'épanouir. A-t-il quelque chose derrière la tête ?

L'après-midi, nous nous sommes retrouvés comme prévu. Je lui ai tout expliqué et ré-expliqué. Nous avons fait les repérages de la boite et de la forêt. La journée finie, Vincent Delure est reparti à ses corvées. Je me prépare pour emmener Quentin au restaurant.

J'emprunte l'allée du centre. Quentin est debout dans l'entrée. Il sourit. Je suis venu avec la voiture qui le fascine. Je descends, l'embrasse et le fais grimper dans ma caisse. Un petit coucou à l'infirmière de service. Dans l'habitacle, je l'aide à mettre sa ceinture.

« Comment vas-tu, Quentin ?
- Bien et toi ?
- Ça va. Tu as fais quoi ces quinze derniers jours ?
- J'ai surveillé ma montre et j'ai dessiné.
- C'est bien ça ! Alors tu veux manger quoi ce soir ?
- Des carottes… et un steak avec des frites. C'est bon le steak avec des frites. Hein, Mickel ?

- Oui tu as raison, c'est très bon. Et en dessert ?
- Mousse, oui une mousse.
- Au chocolat, comme d'habitude, Quentin ?
- Oui une mousse. »

Je me gare et rentre avec Quentin à la cafétéria.

Dixième chapitre

Voyeur du mal

J'ai ramené Quentin. Comme à chaque fois, ce sont des moments inoubliables pour moi mais sûrement aussi pour lui.

23 h 00. Je suis chez moi. Je regarde un film. Pourtant, je suis ailleurs. Vince doit être prêt pour sa soirée. Je pense au stress qu'il doit ressentir. Ça me rappelle ma première fois. Tout était prêt mais il fallait attendre. J'attendais, tournais, virais, partais, revenais. Je faisais les cent pas, quoi. Je me souviens quand, tremblant, je l'attendais. Il était entré dans mon champ de vision. Il était tombé raide de sommeil dans mes bras. Mon intérieur vibrait de peur. Il s'appelait Franck. Il avait 22 ans, châtain, yeux marron.

Je me rappelle de chaque instant. La chair de poule de ma première fois m'avait transformé en coq. Vince doit vérifier et revérifier si tout est nickel, s'il ne manque rien. Pour une fois, je vais jouer un rôle peu habituel. Et Vince ne le sait pas. Je sais ce qu'il projette et je vais faire le voyeur. Ça m'excite un peu, à vrai dire. À l'idée d'assister à un viol, je me sens comme un adolescent devant son premier film de cul.

1 h 00 du matin. Je sors, habillé de noir de haut en bas. Je me dirige vers ma voiture. Je démarre et prends la direction de la boîte de nuit. Vince doit déjà y être. Une demi-heure après, je me gare dans un coin sombre, comme d'habitude. Mais ce soir, je suis spectateur. Du côté le plus sombre, j'aperçois mon char du samedi soir.

Je cherche dans l'ombre mais je ne vois pas mon ami apprenti. Enfin, j'aperçois sa silhouette. Je patiente sans jamais le quitter du regard. La porte de la boîte à musique s'ouvre. Il est 2h34. Une blonde, habillée d'un corsage blanc, d'une jupe noire et de chaussures à talons noires et blanches. Sans celles-ci, elle doit mesurer un mètre soixante-cinq / un mètre soixante-dix, pour un poids en viande de cinquante à cinquante-cinq kilos.

Dans la lumière de l'entrée, elle sourit, titube. Son rouge à lèvre est aussi voyant que les feux stop allumés de ma voiture. Elle a la vingtaine environ. Je crois que Vincent a trouvé le plaisir de sa soirée. Je ne vois pas les yeux de la fille, mais peu importe. Après sa nuit avec Vincent, ils ne s'ouvriront plus.

Elle s'approche de sa voiture, je pense. Il arrive derrière elle. Tel un chat en chasse, son bras lui enserre le cou et plaque sa main armée d'un chiffon sur sa bouche. Il est vraiment doué, le con ! Elle finit dans ses bras. Je pourrais décrire cette scène comme une danse sensuelle, un tango. Il a fait ça avec délicatesse. J'en reste admiratif. Dans la pénombre, je vois à peine ses faits et gestes, mais il a chargé sa proie.

Il ferme, monte au volant, démarre et part. Je le suis à distance. Je roule en filature depuis quinze minutes. Il en reste encore autant. À quoi peut bien penser Vincent à cet instant précis ? Il a le trac, c'est sûr. Pourtant je le sens presque à l'aise.

Il met son clignotant vers la droite. Il a loupé le chemin, l'andouille. Je me gare immédiatement sur la petite route à gauche. Je coupe tous les éclairages et descends regarder. Soudain, je le vois au loin, son clignotant sur la gauche, cette fois. Il tourne et avance. Je fais un tête à queue pour prendre la même direction, toujours feux éteints.

Il se gare sur un petit chemin dans la forêt. Je suis à deux cent mètres de lui. Je me gare juste en face d'une barrière. L'accès au chemin forestier est interdit. Je descends. Je suis distancé. Ils ont bien marché. Je dois les rattraper. L'envie d'espionner devient cruciale.

Je me cache derrière un gros arbre. Il a déjà bien avancé dans son programme. La couverture est en place et les verres sont sortis et remplis. Je n'entends rien. Ils sont trop loin. Ou alors, ils ne disent rien.

Elle est allongée face à moi. Lui, est sur son côté droit. Il passe ses mains sous le corsage de la fille. Elle se débat comme elle peut. Il la gifle et la menace. Ce n'est pas lui en temps normal.

« Tu vas fermer ta gueule de suite, sinon je te tue. Si tu veux vivre, laisse toi faire. »

Cette fois, je l'ai entendu. Sa voix était grave et portante. Sur le plan cérébral, je sais comment réagit sa victime. Dès le début de l'agression, son amygdale décode l'émotion et le stimuli. La menace s'active. Elle déclenche une cascade de réactions pour préparer sa fuite : production des hormones du stress par les glandes surrénales. Presque tout son organisme est sous tension. Son flux sanguin, son rythme cardiaque et sa respiration s'accélèrent. Ses muscles sont contractés, prêts à amorcer la fuite. Très vite, c'est la surchauffe. L'amygdale cérébrale s'affole. Mais j'suis con ! Je suis entrain de réviser un cours sur le fonctionnement du cerveau pendant un viol. C'est plus fort que moi, je continue. Les centres nerveux, censés analyser et modérer les réactions, sont dépassés par les signaux d'alerte. C'est la panique totale. L'amygdale surchauffe.

Vincent glisse ses mains sur sa jupe et la baisse. Il caresse ses cuisses et va trouver le string blanc. Il l'éclaire avec ma lampe torche. Le cochon, il en profite ! Il a de la chance de ne pas être ma victime car il est vraiment beau. Il lui enlève le string. Elle crie. Il lui donne un allez retour Paris-New York. Elle ne crie plus mais je perçois ses sanglots.

Je sais où elle en est. Elle est dans un état de sidération, comme paralysée. Elle ne peut plus se défendre, crier, ni même pleurer. Elle ne réagit plus. Elle est sous son contrôle. Elle est paralysée, dans un état de stress extrême et dépassé. Elle sent qu'elle va mourir. Elle a cessé de s'agiter.

Pour éviter le survoltage et l'arrêt cardiaque, son cerveau déclenche un court-circuit et libère de la morphine et de la kétamine. Elles vont faire disjoncter le système d'alarme. L'amygdale est isolé, comme enfermé dans un coffrage. La production d'hormones de stress a cessé. La fille est comme coupée du monde, déconnectée de ses émotions. Elle est devenue un objet. Pourtant, la violence continue mais elle ne ressent presque plus rien. Elle a un sentiment d'irréalité totale : la dissociation. Comme dans mes cours, les témoignages des victimes le disent. À un moment, elles deviennent spectatrices de leur agression. Et moi, je suis spectateur de cette pauvre fille. Cet état leur permet de rester en vie mais ça fait aussi des dégâts.

Vincent enlève son pantalon et son caleçon. J'aperçois ses fesses. Je ne vois pas ses gestes mais, vu sa position, je devine très bien ses agissements. La fille ne peut plus crier car elle a la bouche pleine. Pour moi, le temps s'est arrêté. Je bande. Il la laisse respirer et la viole. Il est sur elle, face à moi. Son cul est dans mon champ de vision. Il a de belles fesses. Hum ! Je bande dur. J'arrête de faire mon psy. J'ouvre mon pantalon. Il tombe sur mes genoux. Je me masturbe de plus en plus vite au rythme des coups de reins qu'il lui prend de force. Hum ! J'aimerais être dans son trou et lui faire pareil. Là, il s'arrête. Merde ! Il a déjà fini ? C'était court !

« Alors, on dit plus rien, hein ? C'est bizarre, ça ne rit plus de moi, là ! »

Non ! Il la retourne comme une tranche de pain et l'encule violemment à sec. Je reprends mon activité là où je l'avais interrompue. Je ne peux me contenir. Je lâche tout dans mon mouchoir. Je m'essuie. Il se relève. Je perçois son râle de plaisir. Il retire le préservatif. Ouf ! Il y a pensé !

Il suit vraiment mes instructions à la lettre. Nos entretiens m'ont permis de le jauger. C'est un être faible. Le soutien d'un véritable ami, un confident le comprenant, l'aide à garder le contrôle. Il la lave et range tout le matos dans le sac.

« Alors salope, ça t'a fait du bien ? »

Dans sa tête, elle n'est plus. Son amygdale n'évacue pas le traumatisme du viol mais le renvoie vers l'hippocampe, notre système de mémorisation et d'analyse des souvenirs. Le moment du viol est piégé dans l'amygdale. À chaque flash-back, elle va revivre son viol. C'est le stress post-traumatique et c'est extrêmement violent. Je connais par cœur mon cours. Je suis sûr d'avoir un sans faute. Bon, elle, elle n'aura pas le temps de le revivre car Vincent va l'empêcher de subir à nouveau ce traumatisant souvenir. Une gentillesse de sa part.

Elle est là, la corde au cou, essayant de ne pas tomber. Elle pleure. Mes poils se hérissent. Il passe derrière elle tout doucement et pousse le tabouret. Je me retire et reprends ma voiture. Arrivé chez moi, j'attends son appel ou son arrivée. Je vais devoir écouter ses exploits. Je ne dois pas lui dire que j'étais là.

Je vais dans la salle de bain et me déshabille. Je passe devant la grande glace. Je m'arrête et me regarde. J'ai pris un peu de poids.

J'ai un tout petit bourrelé. Il est vraiment petit, ça me rassure un peu. Vincent est beau et bien sculpté. Il n'a pas un pète de graisse. Je vais à la douche. Sous le jet d'eau, je pense. Vincent doit être au dépôt et tout remettre en place. J'imagine qu'il est ravi de sa soirée.

Toc ! Toc ! Toc !

Ah ! Le voilà ! Je me lève et vais ouvrir la porte.

« Comment vas-tu, Vince ?

- Ça va et toi ?

- Ça va. Rentre ! Alors ta soirée ?

- Ben, je suis arrivé et… »

Debout face à moi, il a l'air d'un piquet de tomate.

- Installe-toi sur le canapé, tu seras mieux. »

Assis, je le sens plus à l'aise. Il me raconte la première étape : l'enlèvement et la trouille ressentie. Mais l'envie lui a donné la force de tenir. L'attente a été longue car il avait hâte. La peur est montée quand il est sorti de son trou pour attaquer sa proie.

Une fois dans le camion, il était soulagé mais stressé et pressé d'arriver à destination. Il conduisait, la peur au ventre, par crainte de se faire arrêter. Il s'est senti puissant quand elle était à sa merci, vulnérable. Attachée, elle était son jouet. Il avait l'impression que son excitation avait doublé son sexe.

« Au moment où je lui ai dit que j'allais lui passer une corde au cou, j'ai senti ma force de persuasion.

- Ah oui ? Pourquoi ?

- Elle m'a dit « Oui, mais ne me faites plus rien, s'il vous plaît ! » en pleurant. Elle était à mon écoute. Après je lui ai dit de monter sur le tabouret. Elle pleurait comme une gamine. Pour une fois,

j'avais le pouvoir et le rire aux lèvres.
- Tu étais bien à ce moment là ?
- Oui. J'étais dieu. »
Je le sens fier. Une larme lui coule comme si c'était l'exploit de sa vie. Je sors mon mouchoir de ma poche et lui tends.
« Ah oui ! Quand même ! Et ensuite ?
- Ben, je lui ai rien dit et sans une ombre d'hésitation : kraaaak !
- Ça t'a fait quoi ?
- Ben rien ! J'ai souri quand elle est retombée. J'ai attendu quelques minutes et j'ai enlevé la paire de menottes, comme si de rien n'était.
- Et maintenant, qu'est-ce que tu ressens ?
- Rien. Je suis soulagé et j'attends la prochaine.
- Tu veux te doucher ? »
Il me rend le mouchoir et je réalise. C'est celui que j'avais pour la soirée. Je ne dis rien.
- Oui, j'aimerais bien. J'ai amené des affaires de rechange.
- La salle de bain est ici. Les serviettes sont dans le placard, sous le lavabo.
- OK, merci !
- Je prépare à manger.
- OK. »
Je m'active à la cuisine. Entre la poêle sur la plaque et le reste, je ne peux m'empêcher de penser. Vincent est vraiment malade et sûr de lui. Pourquoi je ne dis rien ? Enfin… Je n'entends plus l'eau couler. Il ne va pas tarder à revenir. Je finis la cuisine et prépare la

table.

7 h 24. Drôle d'heure pour manger. Mais la nuit fut longue. On mange.

« Vincent, nous allons retourner discrètement à la planque. Tu pourras déposer ton souvenir avec les miens si tu veux.

- Ah oui, je veux bien ! J'ai pris simplement une mèche de cheveux car elle était épilée partout.

- Ben, c'est un souvenir quand même. Je peux le voir ?

- Oui. Tiens, le voilà.

- T'as marqué comme je t'ai conseillé. C'est très bien. Tu as fait ça sur une étiquette autocollante ?

- Oui c'est plus joli qu'un bout de papier et un trombone, non ?

- Oui, c'est vrai. Tu as raison. »

Nous partons. La vaisselle attendra notre retour. Après, on rentre et on se couche. On est obligés de dormir ensemble. La vaisselle attend toujours dans l'évier.

On se réveille. J'ai eu du mal à dormir à côté de lui. Mes mains voulaient retrouver son corps. Mon fantasme pour lui ne m'a pas aidé mais j'ai résisté.

« 14 h 20. Il est temps de rentrer, ami Vincent.

- Oui, j'ai dit à mon père, vers 15h30 ».

Après son départ, je me lance dans les corvées ménagères. Je dois aussi préparer mon linge pour le boulot. Demain, reprise de mes gardes aux urgences de l'hôpital de Tourge. Je vais retrouver mon père, comme confrère. Au boulot !

Onzième chapitre

La reprise

Le réveil sonne. Je le cherche. J'ai du mal. Je le trouve enfin et appuie sur arrêt. Quel soulagement ! Je m'assois dans mon lit, me frotte les yeux et me lève. Je fais couler le café, le temps de prendre une douche pour activer mon corps. Puis, je m'habille comme un sou neuf. La présentation est importante dans ce travail, surtout quand on est étudiant.

J'enfile mes chaussettes blanches, puis mon pantalon noir en toile. Enfin, j'insère ma ceinture de cuir marron dans les passants. Je mets ma chemise blanche et la rentre à l'intérieur. Je monte la braguette, ferme le bouton et boucle la ceinture.

Je prends juste un café et retour à la salle de bain pour le brossage des dents. Un coup de parfum et me voila prêt. Levé à 6 h 30 et parti à 6 h 50. Quelle performance !

Je prends ma titine, direction l'hôpital. Il n'y a pas grand monde sur la route. J'arrive sur le parking réservé aux médecins et me gare.

« Mon badge ? Où est mon badge ? C'est pas vrai ! Où je l'ai rangé ? Ah, Le voilà ! »

Il était planqué dans la boite à gants. J'entre dans le vestiaire. Je prends mes vêtements de travail et me change. Me voilà, tout en blanc. Je file vers mon service et passe le bonjour à tout le monde. Je vais au bureau de mon chef, mon père dans la vie civile.

« Bonjour docteur !

- Bonjour interne ! Comment vas-tu?

- Ça va et toi ?

- Ça va. Ah, au fait ! Il est vraiment gentil ton filleul. Ta mère et moi l'avons beaucoup apprécié.

- C'est gentil pour lui.

- Tu vas prendre ta garde à l'accueil des urgences.

- OK ! Je n'ai pas mon planning de la semaine.

- Tu l'auras quand ma secrétaire arrivera, vers 9 h 00.

- OK ! À plus tard.

- Oui, À plus tard. »

Je rejoins la salle de repos pour boire un café. Il n'y a personne. Je mets une pièce de 50 cents dans la machine. Mon café se prépare. Le journal d'aujourd'hui est posé sur la table. Je le prends et le feuillette. Rien dans les faits divers, ni sur moi, ni sur l'autre tueur, ni sur Vincent. Mais demain, il y aura sûrement un article sur sa victime. Je prends mon café. Il est chaud. Mon bipper ne sonne pas. Aucune urgence. Je finis mon café et rejoins mon poste.

« Tiens, salut Sandy ! Tu es de garde aussi ? »

Sandy est infirmière. Elle a à peu près le même âge que moi et nous nous entendons très bien.

« Oui mais j'ai presque fini. Alors tes études et tes congés ?

- Les congés, c'était trop juste ! Mais c'est comme ça. Et les études, ça va, je suis. Là, je dois préparer une thèse sur le sujet de mon choix

.- Ah OK ! Et tu as trouvé un sujet ?

- Oui, je pense m'attaquer à l'analyse d'un tueur en série.

- C'est un choix pas facile, tu sais.

- Je sais.

- Bon je te laisse, Mickael. Je dois aller en salle de régulation. À plus, courage.

- Merci, toi aussi. »

Une ambulance se gare devant les portes. Les pompiers amènent un jeune, victime d'un accident. Je vais à leur rencontre. Le pompier énumère. Jeune homme, vingt cinq ans. Tombé d'un tricycle. Douleurs sur tout le corps. Pas de blessure apparente. Vive douleur thoracique. Je m'adresse au patient, en lisant le compte rendu.

« Alors ! Régis, c'est ça ?

- Oui, Docteur.

- Chute de vélos ? Vous avez mal où ?

- Oui c'est ça. J'ai mal au bas du dos.

- D'accord. »

Je continue de lire le rapport. L'infirmière prend sa tension.

« Dites-moi, sur une échelle de 1 à 10, quelle est l'intensité de votre douleur ?

- Euh 8 - 9.

- Béatrice, on va l'emmener aux soins de l'hématurie, si jamais il faut le sonder.

- Bien docteur.

- Et là, ça date de quand ?

- Ça date de 3 jours. Ça n'a rien à voir avec cette chute.

- OK ! »

Je lis et relis la suite du rapport. Je ne parviens pas à comprendre les circonstances de l'accident.

« Là, je ne comprends pas. Votre copine vous est tombée dessus ou vous êtes tombé sur le vélo ?

- Non. Je la portais à bout de bras, j'ai glissé et le tricycle m'est passé à coté. Je ne l'ai pas percuté. C'est ma partenaire qui m'est tombée dessus.

- Vous n'êtes pas tombé de vélo, alors ?

- Si j'étais dessus.

- Ah d'accord ! Vous faisiez de la voltige ! Autant pour moi. Vous êtes tombé du vélo et votre partenaire est tombée sur vous. C'est assez violent, quoi ! Rien n'arrête la passion.

- Je ne veux pas vous embêter.

- Vous ne m'embêtez pas. On est là pour vous soigner. Je repasserai vous voir tout à l'heure, après votre passage au scanner.

- Merci. »

L'équipe des soins va s'occuper de lui. En attendant son retour, je parle avec mon équipe de son cas. Apparemment, il souffre beaucoup. Nous devons calmer sa douleur au plus vite. Il revient dans le box. L'infirmière lui met des petites électrodes sur son thorax. Elle prend sa tension et note sur la fiche de liaison : 12.6. Elle note également ses allergies au latex et à la pénicilline. C'est certainement un Trauma thoracique. Dès qu'elle a terminé, je m'approche de lui.

« Faites voir votre ventre, deux petites secondes. D'accord. La morphine, vous la supportez ?

- J'en avais eu pour une fracture, je crois.

- Et ça c'était bien passé ?

- Oui, pas de souci.

- Bon, très bien. »

Je me tourne vers l'infirmière.

« Le scanner, il dit quoi ?

- Voici les conclusions, Docteur.

- Il n'y a rien ! »

C'est inquiétant de ne pas connaître l'origine de ses douleurs. Il peut à tout moment se dégrader.

« Prenez de nouveau la température. Je reviens.

- Oui Docteur. »

Je sors de la salle de soins et vais à la rencontre d'un médecin spécialisé en traumatologie.

« Puis-je vous poser mon problème ?

- Bien-sûr.

- Un jeune homme est arrivé aux urgences. C'est un acrobate. Il est tombé lors d'une séance de voltige sur un vélo. Il a reçu sa partenaire sur la poitrine, un choc assez violent.

- Donc, il se plaint de douleurs importantes.

- Oui. On l'a passé au scanner, mais rien. On ne trouve pas la cause de ses maux. À mon avis, c'est un garçon au bout du bout. La chute est une excuse pour dire « stop, j'en ai marre ». Il ne les rêve pas ses douleurs, il a vraiment mal. Son faciès est douloureux. Il est tordu de douleurs. Si on le bouge, il a mal partout. Mais si il se dégrade, sur quel diagnostic va-t-on s'appuyer ? Comment va-t-on pouvoir gérer la situation ? On ne sait pas vraiment ce qu'il se passe.

- Ce n'est pas psychosomatique mais on n'est pas loin. C'est un appel, à sa manière. Nous soignons les corps. C'est difficile à imaginer mais une immense peine peut causer de telles douleurs physiques. Cela arrive parfois. Parlez-lui et jaugez ses propos.

Vous aurez peut-être un début pour comprendre.

- Merci, professeur. Je vais lui parler, plus en profondeur. »

Je retourne aux soins intensifs. La situation de Régis n'a pas évolué. Il souffre toujours. Il n'y a rien au scanner, mais il a vraiment mal. On lui a donné de la morphine et tous les traitements costauds mais rien ne le soulage. Je prends la décision de le garder en observation dans une chambre individuelle. Tous les examens sont normaux mais il ne simule pas. Il a mal partout. Je ne suis pas un médecin confirmé mais, à mon avis, c'est essentiellement psychosomatique. Le spécialiste avait raison. Il a un vécu difficile. Son organisme a le droit de dire stop. Quand on l'installe dans sa chambre, il commence à avoir faim. C'est une bonne maladie d'avoir faim. Quelle journée ! Encore une ambulance des pompiers. Je m'approche du brancard avec une infirmière. Le pompier m'indique verbalement la liste des maux et les soins pratiqués.

« Jeune Homme de 17 ans. Fracture de la cheville gauche. Le bras droit est immobilisé à cause d'une foulure voire une fracture.

- Il était en voiture ?

- Non en scooter. Il est rentré dans une voiture en stationnement.

- OK.

- Bonjour jeune homme. Je suis le docteur Mickael Lebon. Je suis interne et toi ?

- Julien Faimal.

- Pour le coup, tu portes bien ton nom. »

Il rit jaune.

« C'est une blague, bien-sûr. Je vais t'ausculter et on verra. OK,

Julien ?

- Oui d'accord. »

Je le fais entrer dans un box et regarde ses blessures.

- Je vais devoir couper ton pantalon pour éviter de te faire mal.

- Oui, mais j'ai mal, Docteur.

- Je sais mais je dois t'ausculter. Ensuite, on soulagera ta douleur. Ta cheville est sûrement fracturée, mais une radio le confirmera. On va faire une radio à ton bras également. As-tu mal autre part ?

- Non, je n'ai pas mal ailleurs.

- OK ! L'infirmière va te faire une piqûre d'antalgique. Ensuite, un brancardier t'emmènera en radiologie. On se verra juste après. OK, Julien ?

- Oui Docteur. J'ai tout compris.

- À tout à l'heure. »

Je sors du box. Je suis appelé dans un autre. Le temps défile et les patients aussi. Pas une seule pause ! Dur dur pour une reprise. À 13 h 00, je m'en octroie une pour déjeuner en salle de repos.

« Tiens Papa ! Tu es en pause aussi ?

- Oui j'étais en salle de régulation. Je prends une pause.

- Dur ma reprise ! Bras cassé, cheville en vrac, nez pété. Le quotidien quoi ! Pas une seconde de répit !

- Je sais et tu es de garde pendant vingt-quatre heures en plus !

- Oui je le sais bien. Dis-moi, je prépare ma thèse sur un tueur en série. Qu'est-ce que tu penses de ce sujet ?

- Cher interne, c'est un choix noble car très difficile. Mais tu as les compétences pour le mener à bien.

Nous reprenons chacun notre poste. La fin de la journée et la nuit s'enchainent sans trop de difficultés.

Au petit matin, Régis va mieux et peut enfin quitter l'hôpital. Il arrive maintenant à mettre des mots sur sa douleur. Il a fait un burn-out. Peu de sommeil dû à la perte d'un être cher. Il a noyé son chagrin en devenant un forçat de travail. Quand on est au bout, l'organisme n'en peut plus. Celui de Régis a provoqué ces grosses douleurs. Beaucoup de patients sont très fatigués, au bout du rouleau. Lors d'un traumatisme, ils ont une réaction douloureuse importante et disproportionnée par rapport aux résultats de leurs examens. La fatigue augmente et la douleur devient insupportable.

Que ses douleurs aient été physiques ou psychologiques, il avait besoin d'aide. La mort de sa femme l'a anéanti. Seul l'insomnie est venue combler ce manque. Je pense avoir réussi à le rassurer. C'était mon but. Ma garde se finit ainsi, sur la douleur de mes patients.

Une garde de vingt-quatre heures, c'est long et épuisant. Je quitte les urgences et rejoins mon véhicule. Je prends la direction de chez moi mais je m'arrête chez Momo. J'achète le journal et me pose à ma place.

Je commence à lire. Un petit article en première page attire mon attention. Il résume les faits divers. Il mentionne la pendue de la forêt. La police s'interroge. Y-a-t-il un rapport avec les pendus des dernières semaines ? Voir article page... Je n'ai pas le temps de finir. Mes mains tournent les pages.

Les enquêteurs ne veulent rien dévoiler mais une fuite annonce le travail d'un tueur en série. Rumeur éphémère ou réelle ? Les similitudes sont fondées. Les enquêteurs de la police criminelle ont passé la scène au crible.

Il n'y a rien sur l'autre tueur.

« Il tue en même temps que moi ou quoi ? C'est dément ! »

Merde ! Mes mots ont dépassé ma pensée. Heureusement, Momo est à l'arrière boutique et je suis le seul client. Je suis fatigué. Je rentre dormir.

Douzième chapitre

Un raté en souvenir

Je me lève de bonne heure. La nuit règne encore dans le ciel. J'ai bien dormi et je ne travaille pas avant demain. Je vais prendre un jus et je verrai ensuite. Tout en avalant mon café, je pars dans mes souvenirs. J'ai toujours demandé à mes parents. La sensation d'un manque me poursuit. Pourquoi ? Me cachent-ils quelque chose ? Ils ont toujours mis cette sensation sur le compte d'une imagination débordante. Pourtant, quelque chose me manque. Je le sens. Je n'ai jamais creusé plus loin. Je me sens proche du tueur de Domorge. Pourquoi ? Tant de questions et aucune réponse. Je dois creuser. J'ai besoin de comprendre. Pourtant, je n'ai pas tellement insisté jusqu'à maintenant. Peut-être la peur de savoir ou de raviver un souvenir douloureux pour mon entourage. Je vais prendre le taureau par les cornes.

Durant la semaine, deux articles concernant l'affaire des pendus. L'enquête piétine mais mieux vaut faire attention ! C'est peut-être une tactique des enquêteurs. J'ai aperçu Vincent dans le hall d'entrée de l'hôpital. Mais on ne s'est pas adressé la parole. Pas même un geste. La semaine passe, alternant gardes et repos.

Samedi après midi, je reçois le douzième SMS de Vincent. Il est en manque, comme un drogué. Je réponds.

Sois patient. Les flics sont sur les dents. Le week-end prochain est pour toi.

Il me répond juste d'un :

OK !

Je me pose sur le canapé. Mes yeux se ferment et je pars dans le monde des rêves.

00 h 12. J'ouvre l'œil. J'ai dormi comme une masse. Je ne me souviens d'aucun rêve. Je me prépare car je m'invite en boîte de nuit. Enfin…2 h 00 du matin. Je suis dans l'ombre. J'attends. Un jeune happe l'air comme une carpe. Est-ce dû à l'alcool ? Je ne sais pas. Je le suis du regard. Il se dirige vers un coin discret. Je m'approche à pas de loup. Il est concentré sur l'évacuation du trop plein. Derrière lui, je passe mon bras pour l'endormir. Une voix crie. Je retire mon bras, en un éclair. Le jeune devant moi se retourne direct. Je me sens con. J'improvise.

« Salut ! Désolé de te déranger, je suis un peu bourré. Je cherche mon camion.

- Salut ! Attends deux minutes, je réponds à mon frère. »

Il crie.

« Je suis là, Séb. Moi, c'est Pierre et toi ?

- Mickaël. »

Son frère nous rejoint. Après les présentations, on discute. Pierre a 19 ans. Sébastien est plus jeune, il a deux ans de moins. Ils sont châtains tous les deux. Ils ont un look de skaters. Ils se sont retrouvés il y a quatre ans. Ils ont été séparés pendant deux ans, suite au divorce de leurs parents. Je me sens ailleurs, perdu. Je me sens concerné. Mais pourquoi ?

Les voir si proches et s'inquiéter l'un pour l'autre me touche. Je suis ému. Pour la première fois, j'oublie le but de ma venue. Pour la première fois, je rentre en boîte en leur compagnie. Je leur paye un coup.

Ils sont sortis ensemble, entre frères. Je passe la nuit sous les vibrations de la piste de danse. Je suis assis devant un verre. Je discute avec ma victime (enfin, il ne l'est plus) et son jeune frère.

Une très bonne soirée.

11 h 27. Je me réveille. Un peu mal aux cheveux, comme on dit. Je n'ai pas l'habitude de boire. Mais cette soirée m'a apporté un doute. Pour moi, c'est une certitude. J'ai un frère, je le sens. Je vais, dès aujourd'hui, avoir une explication avec mes parents. Je me débarbouille. Je me sens un peu mieux. J'avale une aspirine et je file chez mes parents.

Je me gare devant la porte du sous-sol et je rentre. Je les embrasse. Ils sont étonnés de me voir. Je leur explique que j'ai besoin de leur parler. On se retrouve dans le salon.

« On t'écoute ! dit mon père, tout ouï.

- Papa, maman, je dois vous le demander encore une fois. J'ai besoin de savoir…

- Mon fils, tu connais déjà la réponse à ta question. Pourquoi remets-tu ça, sans arrêt, sur le tapis ?

- Papa, laisse-moi finir, s'il te plaît. J'ai un frère, je le sens. J'ai besoin de savoir. C'est vital pour moi, je veux la vérité. Je ne suis plus un petit garçon. Je n'ai plus besoin d'être protégé. J'ai besoin de savoir et je préfère l'apprendre de votre bouche. Je vous conjure de me le dire.

- J'ignore comment tu l'as appris, Mickael. »

Elle s'arrête un instant pour réfléchir.

« Je suis ta mère et je t'aime. Tu as raison. Il est temps. Tu es en âge de connaître la vérité. Mais comprends-nous, c'était difficile de t'en parler.

- Je ne sais rien, Maman. Je le ressens seulement. Je vous écoute maintenant. »

Mon père me regarde, une larme sur la joue. Je ne l'avais jamais vu dans cet état. Ma mère prend la parole.

« Nous ne sommes pas tes vrais parents. »

Cette première révélation me donne un coup de poignard dans le cœur. Je la laisse continuer.

« Oui, tu as un frère, un frère jumeau. Il s'appelle Mathieu. »

Une larme roule sur ma joue. J'ai un frère jumeau ? Je le savais ! C'est génial ! Mais où est-il ?

« Votre mère est décédée peu de temps après votre naissance. Elle était très malade.

- Ma mère est morte ? Mais … je ne comprends pas. Pourquoi je suis votre fils maintenant ? Où est Mathieu ?

- J'étais très amoureux d'elle mais elle non. poursuit mon père. Nous nous connaissions depuis très longtemps et notre relation est restée purement amicale. Une amitié très forte, plus intense que l'amour. Du coup, nous sommes restés amis et je me suis marié avec ta mère actuelle. Un jour, elle m'a appelé. Elle avait besoin de moi, en urgence, ainsi que de son autre ami. Nous étions fâchés avec cet homme. Votre mère nous a fait promettre à chacun d'élever ses enfants. Nous, on était ravi car nous ne pouvions pas avoir d'enfant.

- Tu es devenu notre enfant et Mathieu celui de cet homme et de sa femme. continue ma mère.

- Ta mère, je la soignais chez elle. reprit mon père. Personne ne savait ni pour sa grossesse ni pour sa maladie.

- Mais qui est mon père ?

- Mon fils, je ne veux plus rien te cacher, je ne veux plus mentir.

Ton vrai père n'était pas une personne recommandable. Il est mort en prison.

- Pourquoi ? Qu'a-t-il fait ? »

Mes deux parents se taisent. Ils hésitent. Je vois bien que la vérité est difficile mais j'ai absolument besoin de connaître mes origines. J'insiste.

« Maintenant, vous devez tout me dire. J'ai le droit de savoir. Qui est mon père ? Dites-le moi, je veux savoir.

- Ton père était un violeur et un tueur en série. Il a été arrêté quand votre mère était enceinte et il est mort deux ans plus tard en prison.

- Un tueur en série ?

J'encaisse la vérité. Je pleure. Mes parents me prennent dans leurs bras.

« Mathieu et toi avez été séparés à la naissance. continue mon père. Votre mère est morte peu de temps après. »

Je ressens beaucoup de tristesse quand il parle de ma mère.

« Nous n'avons jamais eu de nouvelles de Mathieu. Pour vous deux, j'ai tenté une réconciliation avec l'autre ami de ta mère. Je voulais mettre notre rancœur de côté pour ton frère et toi, mais il a refusé.

- Comment s'appelait mes parents ?

- Ton père s'appelait Guy Mistralion et ta mère Suzanne Mors.

- Pourquoi cette dispute avec le père de Mathieu ? Que s'est-il passé ?

- Il soutenait votre véritable père. Il cautionnait ses crimes. Un jour, lors d'un repas, le sujet de son incarcération est arrivé sur le tapis. Nous n'étions pas d'accord. Nous nous sommes battus. Sa réaction était normale. C'était son frère. Mais je ne pouvais pas admettre qu'il cautionne des crimes aussi atroces.

- Mathieu est élevé par notre oncle, alors ? »

Après toutes ces révélations, le silence s'installe. Nous sommes en larmes. Tout ça est un peu confus dans mon cerveau. Une bombe éclate en moi. Je suis effondré. Je remercie mes parents pour leur franchise. Je souffre mais je me sens enfin libre. Je repars l'esprit confus. Maintenant, je connais mon passé. Je comprends. Dans ma tête, tout se met en place pour former le fil de ma vie. Je me remets doucement. Je suis content de savoir enfin la vérité. Pour le moment, Je suis perturbé. Je rentre me reposer et réfléchir.

Il ne le sait pas encore, mais notre jeune étudiant en médecine va prendre une décision, changer son chemin. Notre destin est-il mené par notre vécu ?

Des tas de choses me traversent l'esprit. Et si l'autre tueur était mon frère ? Il y a tellement de similitudes dans nos actes ! Plus j'y pense, plus cela devient une réalité pour moi.

Je me prépare, ou du moins, j'essaie de me préparer à manger. Puis, je m'installe dans le canapé avec mon repas et mon téléphone. J'hésite à contacter Vincent mais je me décide. Je lui envoie un texto pour avoir de ses nouvelles. À peine deux secondes après, j'ai la réponse.

Je vais bien. J'attends mon tour, samedi. Vince.
Samedi est proche. Bonne soirée. Mickael.

Je me couche avec de nouvelles questions.

Je me réveille d'un coup. Ma nuit a été mouvementée. Je déjeune et je sors siroter mon café sur le balcon. La nuit ne m'a pas aidé.

La semaine file, comme d'habitude.

Les journaux de ces derniers jours ne m'apprennent aucun meurtre. Un petit article noircit le coin blanc des faits divers. Il est intitulé « Le point rouge des forêts noires. Aucune avancée dans l'enquête des pendus. Dans les petites annonces, je repère un local à louer à la sortie de Tourge, direction Orléons. Je note le numéro de téléphone et l'adresse.

13 h 00. J'en ai oublié de manger. Je fais une sieste. Je fais le ménage et je file à la douche avant de rejoindre mon grand ami Quentin, pour notre sortie au restaurant. La soirée est pleine d'étoiles dans ses yeux, un vrai bonheur dans les miens. Après l'avoir raccompagné, je prends la direction de chez moi. 23 h 43, j'appelle mon ami Vince.

« C'est OK pour ce soir. Je te rejoins à la planque. »

Je pars. Je me gare devant le bâtiment. Vincent m'attend.

« Salut ! Comment vas-tu cher ami ?

- Très bien ! Je suis excité, à vrai dire.

- Viens, on rentre. »

Il me suit. J'ouvre et nous pénétrons dans le bureau. À mon avis, les flics avancent, mine de rien. Je vais redoubler de prudence.

« Vincent, je t'ai croisé plusieurs fois à l'hôpital. Que vas-tu y faire ?

- Moi aussi je t'ai vu. Mais ne t'inquiète pas je fais comme si je ne te connaissais pas. Je vais juste dire bonjour à mon grand père.

- Ah OK ! Écoute moi deux minutes. Je tenais à te voir ce soir. Nous devons nous préserver de tout risque judiciaire.

- Oui je me doute bien. Qu'est-ce qu'on fait alors ? On arrête tout ? Je ne peux pas m'amuser ce soir, alors ?

- Si ne t'inquiètes pas. J'ai réfléchi. Il faut changer notre lieu secret et peut-être le mettre à ton nom. Ainsi on évite que le mien apparaisse trop souvent sur des locations. Qu'en penses-tu ?

- Si ça nous protège, c'est OK pour moi.

- Pour ce soir, tu fais attention, OK ? Ne prends pas de risque inconsidéré. Prends toutes les précautions que je t'ai apprises.

- Bien-sûr. Je passe demain en rentrant de ma soirée et je te dirai, OK ?

- OK ! Tu vas où ce soir.

- Y'a une boite qui a pour thème « Les célibats de la nuit » à Chingnon.

-OK ! Passe après ta soirée.

- D'accord. Je me prépare et j'y vais. À plus.

- Bonne soirée. »

Je l'aurais bien suivi pour le mater encore une fois mais je vais rentrer au cas où il y aurait un problème. Je reprends ma voiture mais je ne peux m'empêcher de fantasmer sur Vincent et sa future victime.

Je ne rentre pas directement. Après un détour de plus de deux heures et une séance de masturbation devant un film réel, je suis enfin chez moi. Je prends une douche et je prépare un casse-dalle à mon apprenti.

Une heure passe. Vince frappe à ma porte. Il me raconte en détail sa soirée. Il l'ignore mais je sais tout. Sa compagne de ce soir était une brune aux formes généreuses. Elle lui a procuré le plaisir recherché. Il mange et va se laver. La fin de la nuit nous emporte dans un sommeil profond.

Le dimanche dans l'après-midi, il prend congé. La fin de la journée se passe un peu dans le brouillard. Malgré l'endurance physique acquise dans mon travail, je n'ai pas émergé pour autant. Je me couche de bonne grâce.

Lundi de garde. J'ai la tête ailleurs. J'enchaîne les patients, de petits en grands bobos. Ils s'enchainent jusqu'à 13 h 30 le lendemain.

Je sors de la salle de pointage pour rejoindre ma titine. Je vais dans le parc à l'endroit habituel où mon banc m'attend.

« *Révélation importante de mes parents. Où est mon frère, mon jumeau ? Je dois le retrouver.*

Quentin était joyeux. Son énergie m'a remis en forme. Quel plaisir de le connaître !

Vincent a recommencé. C'est un vrai malade. Je dois peut-être l'arrêter dans son périple. Je suis étudiant en médecine psychiatrique. Il est de mon devoir de le signaler.

Bientôt, je vais devoir rendre ma thèse. Je devrais peut-être m'informer sur mon sujet. »

Notre jeune Mickael s'auto-analyse. Il se remet en question. C'est une thérapie en soi d'écrire son ressenti. Je n'aimerais pas être à sa place.

En rentrant, je m'arrête au bar et j'achète le journal. Je m'assois à ma table habituelle. J'ouvre la page des faits divers régionaux. Rien qui me concerne. Rien non plus au niveau national. Je suis épuisé. Je rentre me pieuter.

Je me réveille. Je me sens de forme olympique et de bonne

humeur. J'attrape un stylo et je prépare un plan détaillé pour ma thèse. Je vais prendre rendez-vous avec le procureur de Tourge. Je le note pour ne pas oublier.

Je prépare un résumé de ma théorie sur le tueur en série. J'y consacre ma journée entière. Ce devoir est très important pour mon examen final.

En début d'après-midi, j'appelle le bureau du procureur. J'obtiens une rencontre pour demain matin, neuf heures. Juste avant ma prise de poste à midi. J'espère que j'aurai le temps de revenir chez moi pour me changer. Je n'en suis pas encore là.

J'attrape mon tel et je compose le numéro de Vince.

« Allo Vincent ? C'est moi.

- Salut ! Comment vas-tu ?

- Ça va ! Dis-moi, on peut se voir aujourd'hui ?

- Heu... oui je peux dans une heure. Mes parents sont invités.

- Bien. Rejoins-moi là où tu sais, OK ?

- OK, à plus. »

En attendant, je vais écrire mes questions pour demain. Le temps passe. Je dois filer. Je prends une paire de gants jetables et je pars à la cachette.

Je me gare. L'ami Vincent est déjà sur place.

« Tu voulais me voir ?

- Oui. Tu vas appeler pour cette location. Tu dis que tu cherches un petit atelier et un garage pour mettre ton camion. Tu es étudiant en photographie et ton père te soutient financièrement. Bien-entendu, je paierai tout.

- OK ! Mais pourquoi je le mets à mon nom ?

- Par sécurité. Si jamais je suis sur la liste des personnes soupçonnées et comme je ne suis pas au début de mes agissements...

- Ah d'accord ! Ben, je le fais de suite. »

J'enfile mes gants. J'ouvre le placard où sont entreposés mes souvenirs et sors le carton. Je le dépose sur la table. Au bout de quelques minutes, Vincent raccroche.

« Mickaël ? Le monsieur me demande un mois de caution et mes parents doivent se porter garants.

- T'inquiète ! Je te donnerai l'argent nécessaire et je remplirai les documents. Tu as pris rendez-vous ?

- Oui. Demain 16 h 00, sur place.

- Très bien. Je vais sortir téléphoner. Pourrais-tu faire des étiquettes comme les tiennes, pour mes souvenirs. Je les trouve super. C'est plus joli !

- Merci ! Oui je vais le faire. dit-il avec un petit sourire de fierté au coin des lèvres.

- Tu les fais un par un, surtout. Il ne faut pas te tromper de propriétaire pour les poils. Et puis, change les sachets. Prends ceux qui ne sont pas encore déballés et tes étiquettes autocollantes.

- OK ! Comme tu veux ! »

Il se met au travail. Je sors du bâtiment et j'appelle mon père.

« Allo Papa ? C'est Mickael.

- Oui mon fils. J'ai juste deux minutes. Tant que je t'ai au téléphone, pour le planning de la semaine prochaine, vu l'importance des chassés-croisés des vacances, tout le personnel sera de permanence.

- Bien docteur ! »

Le silence s'installe durant quelques secondes.

- Allo, tu es toujours là ? Que voulais-tu me dire ?

- Oui papa. J'ai réussi à avoir un entretien demain matin avec le Procureur Just Condan, au sujet de ma thèse. Je me suis permis de dire à sa secrétaire que j'appelais de ta part.

- Tu as eu raison. Je ne peux rester plus longtemps avec toi. J'ai beaucoup de travail.

- OK ! Je voulais juste t'en informer. Bisous, à plus tard.

- Bisous et attention à toi. »

Je rejoins Vincent.

« Voilà Mickael ! J'ai fini. Ça te va, comme ça ?

- Ah oui ! C'est très bien ! T'as fait comme si c'était les tiens. Pour demain, je vais te passer l'argent et tu me ramèneras les documents à remplir.

- D'accord. Et pour amener le camion et les affaires là-bas ?

- Tu le feras un soir. De plus, tu iras acheter de la corde et ce qui manque à la grande surface du nord.

- C'est moi qui vais le conduire et amener ce qu'il y a ici ?

- Oui. J'ai confiance en toi et je n'ai pas le temps car j'ai beaucoup de travail à l'hôpital. Donc il n'y a que toi de disponible.

- Cool !

- OK ! On va partir. Remets tout dans le carton et range-le à sa place. Les vieux sachets, les papiers et trombones dans ce sac plastique. »

Pendant ce temps, je range dans ma voiture, tout le matériel désormais inutile ici : chargeur de batteries, baskets, blouson et affaires de rechange. Il reste le minimum : la panoplie nécessaire pour le samedi soir. Une fois tout en ordre, je l'amène avec moi jusqu'à un distributeur. Le temps du retrait, il reste dans ma voiture. Je lui tends l'argent.

« Pour notre sécurité, il faut éviter de se rencontrer à la vue de tous. Tu enlèves mon prénom de ton téléphone et tu le remplaces par un truc, genre psy ou autre.

- Pourquoi ?

- Si tu te fais choper, je pourrai t'aider. Tu diras que tu vois un psy et tu donneras mon nom. Tu comprends maintenant ?

- Oui, j'ai compris. Comme ça, tu seras autorisé à me voir et à me parler.

- C'est exactement ça ! Et je pourrai t'aider.

- Mais pour le téléphone, je n'ai pas besoin de le changer, alors ?

- Non. Mais quand tu me parleras de notre secret, appelle-moi d'une cabine, OK ? Je te laisse au centre, sur le parking de l'Orangeraie ?

- Oui, c'est nickel !

Pas un mot durant le voyage. Je le laisse et je rentre chez moi.

Treizième chapitre

X

6 h 30. Mon réveil sonne. La nuit a été courte. J'ouvre clairement les yeux. Je me lève. Je suis prêt. Je regarde ma montre. Elle marque 7 h 30. Je prends ma voiture et me gare sur le parking des urgences. Le tribunal est à moins d'un kilomètre. Je m'arrête dans un bar, boire un café et lire les nouvelles du jour. Je m'installe à une table.

Malgré sa notoriété, l'établissement est sobre. Le serveur s'approche. Je commande un café et le journal. Cinq minutes après, mon café est devant moi, la gazette à côté. Je l'ouvre et lis les faits divers du coin.

« Nouveau cas dans l'affaire des pendus de la forêt. Une jeune fille a été retrouvée morte mais aucun indice concernant un éventuel tueur. Le nombre augmente la psychose. Les enquêteurs demandent à toute personne susceptible d'apporter des renseignements de se faire connaître auprès des autorités compétentes. »

Ils n'ont rien. Je continue ma lecture dans la même catégorie mais au niveau national.

« L'étrangleur de Domorge a été arrêté lundi matin. Son nom et les circonstances de son arrestation ne sont pas communiqués. Notre pays se réjouit de cette nouvelle. Nous attendons d'en savoir plus. »

Tiens, ma copie n'est plus sur mes traces ! Ce que je ressentais n'était peut-être pas pour moi. Pourtant mes troubles sont bien réels. Et si c'était… Non je ne peux pas l'imaginer. Je dois en apprendre davantage. Qui est cette personne ? Est-ce mon frère ? Je dois me renseigner. Le temps passe.

C'est presque l'heure de mon rendez-vous. Je règle le café et marche jusqu'au tribunal de grande instance.

Je me dirige vers l'accueil. Mais avant toute chose, je dois passer sous un portique. Le gardien m'encourage à le franchir. C'est un homme étrangement grand. Ses muscles ressortent. Je ne sais pas où il a acheté cette matière première et je ne souhaite pas le savoir. J'avance vers l'accueil et m'annonce. Une personne me guide dans le labyrinthe judiciaire. Devant le bureau du procureur, elle me fait signe de m'asseoir. Une rangée de fauteuil longe le couloir. J'attends en pensant à cette arrestation.

« Monsieur Lebon ? Veuillez me suivre ! »

Je me lève et suis sagement ma correspondante. Nous traversons un sas pour rentrer dans un endroit énorme. Face à moi, un bureau de trois mètres carré. Un écran est posé dessus. Des piles de dossiers trônent de chaque côté. Derrière tout cela, une tête. Le procureur est de taille moyenne et porte des lunettes fines et rondes. Il a la tête froide, un franc parler et est intelligent. Son autorité se fait sentir.

La porte se referme sur Mickaël et le procureur. L'entretien s'éternise. Quant on dit, c'est à huis clos, c'est à huis clos. Rien ne transpire. Une heure plus tard notre toubib se montre enfin.

J'ai eu les réponses à toutes mes questions. J'ai parlé de l'affaire en cours et démontré l'importance de mon analyse. Je dois le contacter si j'apprends autre chose. J'ai aussi le nom d'un enquêteur, Monsieur Poulail. Il doit me contacter prochainement.

Je file à mon travail. Chaque fois, la souffrance est présente. La routine est différente. Les patients viennent de tous horizons. Les communications sont de différents niveaux. J'en apprends davantage sur l'homme. Une petite mamie arrive en ambulance.

C'est une institutrice de l'ancienne école. Je ressens l'autorité de l'époque. J'ai intérêt à ne pas faire de faute sinon je prendrai la règle carrée sur le bout des doigts. Je note ses maux sur sa fiche.

« Montrez-moi cette fiche, jeune homme ! me dit-elle d'un ton ferme.

- Quoi ? Heu ... oui, la voilà. Ce sont vos symptômes, Madame, je n'ai fait aucun diagnostic encore.

- Je m'en doute. »

Elle attrape la fiche d'un geste autoritaire et lit le contenu à voix haute.

« Quelle écriture de cochon ! s'exclame-t-elle enfin. Vous n'avez pas honte d'écrire si mal ? »

Elle pointe et secoue son index droit devant moi. Je cherche à me défendre au mieux.

« C'est une écriture de futur médecin, Madame.

- Être médecin ne vous autorise pas à avoir une écriture pareille. Respectez vos lecteurs !

- Oui Madame. »

Je souris.

« Et là ! Vous écrivez « douleur au niveau de la hanche et souffre des genous. » Rappelez-moi la règle du pluriel des mots en « ou ». »

Elle secoue la tête d'un mouvement las.

« Heu ... Ben les mots en « ou » prennent un « s » au pluriel. Enfin, sauf les exceptions qui prennent un « x ».

- Et quelles sont ces exceptions ?

- Heu ... Hibou, chou, caillou...

- Stop, vous en avez oublié un au passage !

- Ben … genou ? dis-je doucement. En passant la main sur mon menton.

- Donc le pluriel de genou s'écrit avec un … ?

- Un « X » ?

- Oui ! Vous me copierez cette règle dix fois ! Et n'oubliez aucune exception, sinon ...

- Oui Madame. Bon, je vais vous ausculter sans faute. »

Je l'examine. Je la déplace délicatement sur le côté. Je place mes mains de façon à la retenir. Elle ne dit rien de la souffrance mais nous rappelle à l'ordre. Je ne suis plus aux urgences mais dans sa classe. Quelle bout de femme ! À 89 ans, elle a toujours la langue pendue au savoir et l'œil vif sur les rêveurs. Après mon diagnostic, je la laisse aux mains de mes collègues infirmières. Je passe d'un box à l'autre jusqu'à la fin de ma garde.

En partant je fais un saut par la classe de Madame Samphott. Je frappe et je rentre doucement. Elle dort. Je dépose ma punition sur sa table de nuit et je file comme un voleur. La fin de la semaine est rythmée comme la précédente.

Samedi, 11 h 00, le téléphone retentit.

« Allo, Monsieur Lebon ? Monsieur Poulail, inspecteur à la police criminelle. Je ne vous dérange pas ?

- Non, je vous écoute.

- Selon mon patron, Monsieur Condan, votre thèse est criante de vérité. Votre analyse du tueur qui sévit dans notre région est remarquable !

- J'ignore si je serai utile à votre enquête mais je me penche sur

cette histoire dramatique. J'ai proposé d'apporter mon point de vue. Reste à savoir si c'est vraiment criant, comme vous le dites.
- Permettez-moi d'en être le seul juge.
- Tout à fait.
- Pourrions-nous nous rencontrer ? Je suis de permanence toute la journée.
- Oui, je ne travaille pas et je suis disponible. Le début d'après-midi, vers 14 heures, ça me conviendrait parfaitement.
- Je vous attends donc pour 14 heures à mon bureau. Demandez-moi à l'accueil. Et merci pour votre collaboration. À tout à l'heure.
- À plus tard. »

Je vais en profiter pour en savoir un peu plus sur l'arrestation de mon imitateur. Je profite du temps avant mon rendez-vous pour faire un brin de nettoyage. L'heure approche. Il est temps de me rendre au commissariat central. Je me gare face à l'entrée. Certains emplacements sont réservés au personnel. J'entre dans le hall. Un brouhaha résonne. On se croirait dans une foire. Je m'approche de l'accueil.

« Bonjour ! Je suis Monsieur Mickael Lebon. J'ai rendez-vous avec l'inspecteur Poulail.
- Bonjour. Patientez deux minutes, je lui signale votre présence. Asseyez-vous, je vous appellerai.
- Bien ! »

J'attrape une revue et je m'installe. À côté de moi, une personne ronchonne à cause de l'attente. À peine deux minutes plus tard, je suis appelé. Pas le temps de lire. Je dois prendre l'ascenseur et c'est au troisième étage à gauche. Je grimpe et appuie sur le bouton trois. Je sors et je frappe à la porte de l'inspecteur.

Les présentations à peine faites, le sujet est déjà lancé. Je lui explique ma théorie sur la psychologie du tueur et son fonctionnement. Je suis le mieux placé pour le savoir, après tout. Je lui demande également s'il pourrait se renseigner sur le tueur arrêté. Ces informations pourraient me servir pour fignoler un passage de ma thèse. J'ai son accord, en échange de mon aide sur son affaire.

Je sors et reprends ma voiture. Je vais faire quelques emplettes. Je divague dans les rayons en remplissant mon caddie. Il est plein. Je rejoins les caisses par l'allée centrale. Un marchand fait des impressions sur tee-shirt. Je m'y arrête et demande d'inscrire Quentin et de l'entourer de plein d'étoiles.

Je paie le tee-shirt et me dirige vers la caisse. Puis, je charge le coffre. Au moment où je ramène le chariot, mon portable vibre. Un numéro fixe que je ne connais pas. Je décroche.

« Allo ?

- Mickael, c'est Vincent ! Comme tu m'as demandé, je t'appelle d'une cabine.

- C'est très bien. Que veux-tu ?

- J'ai les clefs du nouveau local. Pour le loyer, j'ai dit que je passerais régler le six de chaque mois.

- OK, et pour les papiers ?

- Pas besoin ! Ils jouent la carte de la confiance.

- C'est mieux ainsi ! Ce soir, tu déménages l'ancien local et tu ramènes tout dans le nouveau. N'oublie rien, OK ?

- D'accord.

- Je vais rentrer chez moi. Si tu as le temps, passe me voir discrètement.
- Le temps de choper un bus et j'arrive.
- OK, à tout. »

Dans mon appartement, je range les courses et me pose sur le canapé. En attendant l'ami Vince, je continue le brouillon de ma thèse.

On frappe à la porte. Je me lève et vais ouvrir.

« Salut Vincent ! Rentre, je t'en prie. »

Il s'installe dans la cuisine.

« Alors tu es content ? Maintenant, tu es locataire et maître de notre coffre à secrets.

- Oui, je le suis.

- J'ai bien réfléchi. En cas d'arrestation, tu vas dire ceci : Tu m'as rencontré à l'hôpital car tu n'allais pas bien et tu voulais parler. Tu te sentais pénétré par des voix. Elles t'ordonnaient de faire des choses mais toi, tu ne voulais pas. Je t'ai conseillé de prendre rendez-vous avec un psychologue pour te libérer. Mais tu voulais te confier à moi. J'ai accepté, mais rien n'était officiel. Je faisais ça pour t'aider, OK ?

- Pourquoi ?

- Je confirmerai. Comme ça, je serai autorisé à te voir et je pourrai t'aider. Tu comprends ?

- Ah OK ! Je comprends. Tu penses à tout, c'est cool ! En plus, tu me protèges comme un frère. Merci…

- Oui mais il faut rester concentrés. Je suis passé voir un inspecteur pour ma thèse. J'ai choisi de traiter sur le tueur en série des forêts.

Comme ça, je sais où ils en sont.

- Ah Oé ! C'est pas con ça.

- Il est préférable de mettre toutes les chances de notre côté, tu vois.

- Oui, tu as raison.

- Bon, occupes-toi du transfert.

- C'est comme si c'était fait.

- Une dernière chose. Je vais acheter un flingue, ce soir. Il faudra l'avoir à chaque sortie du samedi. Si ça tourne au vinaigre, il faudra tout tenter pour fuir. Sinon, c'est trente ans de prison. Les violeurs sont pris à partie par les autres prisonniers. Qu'est-ce que tu en penses ?

- Un flingue ? Un vrai flingue ?

- Oui, un vrai.

- C'est génial ! Je suis d'accord. Si je suis pris, je tire.

- C'est ce qu'il faut. Allez hop ! Au boulot ! »

Il part heureux.

Quatorzième chapitre

Le flingue

Je reprends ma thèse. Je m'installe et l'attaque avec entrain. Toutes les informations que j'ai recueillies vont m'aider. Internet est un outil précieux pour mes recherches. Le temps passe. J'écris aussi le comportement de Vincent car il est concerné pour mon rapport de fin d'études. Il est une source destinée à le rendre beaucoup plus réaliste.

J'ai un petit sourire en coin. Je laisse de coté mon occupation. J'ai rendez-vous dans une cité. Cet univers me glace le sang mais c'est essentiel pour moi, pour nous.

On trouve de tout, de nos jours, sans grande difficulté. Il suffit d'avoir certains contacts pour obtenir des choses plus difficiles à trouver. Heureusement, dans mon futur métier, les rencontres se font dans un monde à part. J'arrive dans une zone de non droit, comme dirait les journalistes.

Les gens sont froids. Ils me regardent de travers. Je ne me sens pas à l'aise. Je poirote une bonne demi heure dans cette ambiance lourde. Mon colis arrive enfin. Une transaction éclair, dans une grande discrétion. Sur le retour, je ne cesse de regarder autour de moi. J'ai peur. Je transpire plus que d'habitude. Je le sens qui frotte sur mes parties. Heureusement, il n'est pas chargé. Je repense au moment où je l'ai pris dans mes mains juste avant la transaction. C'était excitant ! Je me suis senti envahi par la force. En temps normal, la peur est notre seule défense. Mais avec une arme, on a le contrôle.

J'arrive chez moi. Ouf ! Je le retire de mon boxer et le range dans la table de nuit. Après dîner, je vais me coucher.

Dimanche, un beau soleil se lève. Je me frotte les yeux. Je me lève et file à la cuisine. Je prépare mon déjeuner. Je m'installe à table et regarde le filet noir couler. L'odeur envahit la pièce. Le soleil transperce les carreaux de la fenêtre. Ses rayons réchauffent mon dos de la tiédeur de la matinée.

Un dimanche tranquille ! Peut-être le dernier car, dès demain, je suis de garde tout le mois. Mes jours de repos seront accompagnés de mon bipper.

Quinzième chapitre

L'arrestation

Après un week-end tranquille, la routine reprend son cours. Je suis au poste des urgences. Je viens de finir avec un jeune garçon, tombé de sa planche à roulettes. Bilan, genou droit écorché. Deux points de suture comme souvenir pour ses vacances. C'est assez calme !

L'horloge de l'église sonne midi. Je m'octroie une pause. J'entre dans la salle de repos. Je sors une pièce de mon porte-monnaie. Le temps que mon café se fasse, je m'assois et prends le journal. Rien de plus sur les pendus d'Indoux et Loron. Par contre, un article concerne l'étrangleur de Domorge.

« *Nouvelles informations concernant l'arrestation du tueur de Domorge. Il a été interpellé, par la gendarmerie, dans la nuit de samedi à dimanche. Il tentait d'enlever un adolescent. Le jeune homme rentrait chez lui après une fête d'anniversaire. Ça n'a pas été facile mais nous connaissons maintenant le nom de famille du suspect : Mistralion. Il aurait une trentaine d'années. Il est accusé des meurtres de trois jeunes hommes et de deux tentatives de meurtre. La dernière a d'ailleurs permis son arrestation. Nous attendons les conclusions de cette affaire et plus d'informations sur son identité.* »

Je suis abasourdi. Heureusement, je suis assis. Mon café est toujours dans le distributeur et je dois reprendre mon travail. Impossible ! Mes jambes ne répondent plus. Je dois en aviser mon père. Je sors de la salle de pause avec le journal pour le rejoindre. J'hésite à frapper mais après mûre réflexion, je frappe et je rentre.

« Papa, il faut que je te parle d'urgence.

- Que se passe-t-il, mon fils ?

- Hem ! Hem ! Je vous laisse docteur.

- Bien. Merci Sylvie.
- Papa ! As-tu lu le journal d'aujourd'hui ?
- Non pourquoi ? Tu sais bien que je le lis très rarement.
- Oui, mais… Tiens, lis ça ! »
Je lui tends l'article. Il lit et relit plusieurs fois. Il pâlit. Il pose la gazette sur son bureau. On se regarde sans un mot. Le téléphone sonne mais il ne décroche pas. Je tremble. C'est mon frère, j'en suis sûr. Je le savais. Je le ressentais. Je n'arrive pas à ouvrir la bouche. Mon père reste muet aussi.

« Mickael, tu vas reprendre ton poste.
- Mais Papa, je ne peux pas… C'est, c'est mon frère.
- On n'en sait rien pour le moment. Il te faut reprendre tes esprits. Je vais me renseigner et je te tiendrai au courant. Ce n'est peut-être pas ton frère. Des Mistralion il y en a beaucoup. Garde la tête froide et sois fort !
- Mais…
- Reprends-toi ! Ne laisse rien paraître devant tes collègues. C'est important !
- Bien Papa ! Mais je vais cogiter. Ça va être difficile de rester concentré sur mon travail. C'est horrible de lire ça.
- Pourtant, il le faut. Je sais que c'est troublant pour toi. Mais attendons de savoir s'il s'agit bien de Mathieu avant de tirer des conclusions trop hâtives.
- Papa, il n'y a aucun doute pour moi ! Je le sens.
- Mickael, votre père était ainsi et l'un de vous en a peut-être hérité. Mais ce n'est pas sûr. »
Des larmes coulent sur mes joues.

- Je ne peux y croire, Papa. Je suis tout retourné. »

Mon père s'approche de moi et pose une main compatissante sur mon épaule.

« Mickael reprends ton poste. Travailler te changera les idées. Je passerai te voir dès que j'en saurai plus.

- Bien Papa ! Mais je veux savoir dès que tu sauras.

- Oui, évidemment ! Sois courageux. »

Je sors du bureau. Je me dirige vers les toilettes. À peine rentré, je vomis dans la cuvette. J'ai mal au ventre. Un nœud se forme en moi. Il me ressemble vraiment et pas que physiquement. Je suis malade de son arrestation.

Je passe par mon casier pour prendre ma trousse de toilette. Je me débarbouille. Mes esprits à peine repris, je reprends mon poste. Le cœur serré, il est vrai. Je dois rester professionnel.

La journée se passe dans l'écœurement. Je sors de l'hôpital. Mon père vient à ma rencontre sur le parking.

« Mickael ! Attends-moi ! Je voudrais te parler.

- Tu as des nouvelles, Papa ?

- Non, je n'en sais pas plus pour le moment. »

Déception et soulagement, à la fois. J'aurais aimé savoir. Mais en même temps, savoir et avoir la confirmation de mes craintes, m'angoisse.

« Je voulais juste te dire, tu as bien travaillé malgré les circonstances. dit mon père.

- Merci Papa ! Ça a été dur, tu sais !

- Je me doute bien, mon fils. Va te reposer. As-tu pris ton bipper ?

- Oui je l'ai. Ne t'inquiète pas, j'ai repris mes esprits. Je rentre me reposer et je serai prêt demain pour attaquer une autre nouvelle journée aux urgences.

- Bien, mon fils. »

Il m'embrasse et rejoint sa voiture. Je rentre chez moi. Mes idées sont floues. J'ai gardé le journal pour le relire au calme. Mais ça ne fera pas changer l'article. Je prends un somnifère et je me couche.

Seizième chapitre

Ouf !

Je me lève et vais déjeuner. Je prends mon poste cet après midi. Je vais en profiter pour joindre l'inspecteur Poulail. Puis je contacterai Vincent. Pour le moment, je vais me doucher.

« Allo ? ... Bonjour, je suis Monsieur Lebon. Je voudrais parler à l'inspecteur Poulail, Madame, s'il vous plaît.

- Bonjour ! Bien-sûr, ne quittez pas s'il vous plaît.

- Je ne quitte pas. »

Une sonnerie suivie d'un message d'attente. Merci de ne pas quitter, nous recherchons votre correspondant. Merci de ne pas quitter, nous recherchons votre correspondant. Merci de ne pas quitter, nous recherchons votre correspondant. Merci de ne...

- Allo ? Monsieur Lebon ?

- Lui-même, Inspecteur !

- Comment allez-vous ?

- Très bien et vous ?

- Très bien merci. Que me vaut votre appel ?

- Je viens de lire un article dans le journal sur l'étrangleur de Domorge. Avez-vous eu vent de cette arrestation ? Je travaille sur ma thèse et j'essaie d'analyser l'attitude d'un tueur en série au moment de sa capture.

- Je comprends ! Oui, j'en ai eu vent comme vous dites. Elle est dans toutes les bouches, au commissariat. Mais nous savons peu de choses. Elle ne dépend pas de notre juridiction. Mais comme je vous l'avais signifié lors de notre rencontre, je me renseignerai auprès des autorités compétentes.

- Très bien. Je vous remercie, inspecteur.

- Mais de rien. Et pour moi, avez-vous d'autres éléments à

m'apporter ?

- Je n'ai rien de probant dans l'immédiat. Mais j'y travaille.

- Bien ! Dès que j'ai du nouveau je vous contacte.

- Merci ! Je ferai de même. À bientôt inspecteur.

- À Bientôt. »

L'inspecteur n'a sans doute pas accès au dossier. Sinon, il aurait eu la photo du tueur et il aurait forcément fait le rapprochement avec moi. J'ai pris un gros risque en le rencontrant. Heureusement, sans conséquences ! Mais je devrais être plus prudent. Je me prépare et vais rejoindre mon banc. Vu mon planning chargé, j'y vais plus tôt.

« *Je ne suis pas sorti samedi dernier. Cela ne me manque pas. Suis-je entrain de changer ? Après les révélations de mes parents, mon petit ressentiment envers eux s'estompe enfin. Depuis, les événements s'enchaînent ; surtout ce début de semaine. Le nom du tueur de Domorge est Mistralion. Cette fois, j'en suis sûr. Il s'agit de Mathieu. J'ai la rage. Je pensais le découvrir dans d'autres circonstances. Son arrestation me dégoûte. Mon père a aussi été touché. J'ai ressenti en lui un choc et une déception. J'ai également perçu une gêne, voire un doute de sa part. Je devrais peut-être rester sur mes gardes, au cas où. J'ai encore vu Vincent à l'hôpital. Mais il dit vrai, il ne me calcule pas. Samedi, je vais voir Quentin. Je vais lui offrir son présent. Pourquoi il m'arrive cela ?* »

Je remballe et je file au travail. Les urgences ne désemplissent pas. D'une plaie à une autre, d'une fracture à l'arrêt cardiaque, je ne m'ennuie pas. Je n'ai pas de temps pour penser. Tant mieux ! Mes gardes s'enchaînent. Puis, je suis appelé au bureau de mon chef. Je quitte le box après mon diagnostic. Je frappe et j'attends d'être invité.

« Entrez !

- Bonjour Docteur !

- Bonjour Mickael. Assieds-toi ! »

Je m'exécute.

« Je t'ai fait venir pour deux raisons. J'ai modifié ton planning. Samedi, tu ne viendras pas mais tu seras sous bipper. Par contre, tu seras présent dimanche.

- Mais Papa, j'ai besoin de travailler.

- Je sais mon fils, mais dimanche il y a le grand cross de Tourge. J'ai besoin de monde ici et sur la manifestation.

- Je comprends. Et la deuxième, tu as des nouvelles ?

- Oui ! Je suis moi-même très surpris de ces informations. Le tueur de Domorge n'est pas Mathieu. »

Ouf ! Quel soulagement ! Je suis heureux ! Mais je ne comprends pas. C'est étrange ! Le tueur porte le même nom que mon vrai père, mais ça n'est pas Mathieu. Alors, qui est-ce ?

« Tu es sérieux ? C'est génial, Papa ! Je me sens beaucoup mieux. Mais alors ? Je ne comprends pas ! Son nom ...

- Oui Mickael. Je t'avoue, c'est une grande surprise pour moi aussi. Je l'ignorais. Ce Mistralion est, en fait, ton frère Marc.

- Marc ? Mais, j'ai un autre frère, alors ? »

Un autre frère ? Quelle surprise !

« Oui ! Ton père a eu un enfant avant vous.

- Mon père et ma mère avait déjà un enfant ?

- Non. Il est ton demi frère. Ton père l'a eu avec une autre femme.

Il a cinq ans de plus que vous.

- Je ne sais pas comment je dois le prendre.

- Il a certainement hérité les gênes de votre père.

- Oui ! Si je comprends bien, j'ai de la chance d'avoir hérité de vous et pas de lui. »

La discussion s'interrompt car je suis bippé d'urgence.

Ces dernières révélations ont éveillé un doute dans l'esprit du docteur Lebon. Depuis quelques jours, il songe à l'affaire des pendus d'Indoux et Loron. Et si le tueur était son fils ? Pour en avoir le cœur net, il a modifié exprès le tour de garde de Mickael.

Je rentre chez moi après ma garde. Je suis soulagé mais j'ai besoin de faire le point. Je ferme tous les volets et tire les rideaux. Dans le noir, je m'allonge sur le canapé et je pense.

Dix-septième chapitre

Rendez-vous en lieu caché

Le lendemain matin, j'ai retrouvé mes esprits et j'y vois plus clair. La semaine file au rythme des brancards.

Vendredi soir, je profite d'une courte pause pour marcher dans le petit parc juste à côté des urgences. J'appelle Vincent.

« Allo, Vincent ? C'est Mickael.

- Ah ! Comment vas-tu ? J'attendais de tes nouvelles.

- J'étais très occupé ces derniers temps. Comment tu vas ? Il faut qu'on se voie. T'es libre demain à dix-sept heures ?

- Oui, sans problème. Je vais bien.

- OK ! Je vais t'envoyer un texto avec l'adresse. Tu prends le camion et le matériel et tu me rejoins là-bas.

- Ah, pourquoi ?

- Je t'expliquerai demain. As-tu la possibilité d'acheter un bidon d'eau de javel ? Je te rembourserai demain.

- De l'eau de javel ? J'en ai à la maison. Je peux le prendre discrètement.

- Oui, mais il nous faut au moins cinq ou six litres.

- OK ! Je vais me débrouiller. Mais c'est pas risqué de prendre le camion à dix-sept heures, comme ça ?

- Non. Je t'enverrai une photo avec un plan. Tu ne crains rien, ce ne sont que des petites routes.

- OK, Mick ! Je dois te laisser. Je dois soigner les animaux.

- OK ! Je te laisse aussi. Fais attention quand tu sortiras. Personne ne doit te voir.

- OK, T'inquiète ! Salut !

- Salut ! »

Je me dirige vers l'accueil des urgences pour reprendre mon travail.

Bientôt dix-huit heures, fin de ma garde. Je dois penser à prendre mon bipper et passer au magasin.

Je sors, m'arrête faire les courses et je reste manger à la cafétéria. Comme promis, j'envoie le texto à Vincent. J'ai bien mangé. Je rentre, je prends une douche et je me couche.

Dix-huitième chapitre

Grand nettoyage

Samedi 8 heures. Je suis levé depuis une demi-heure. Je m'habille et je prends un dernier café. Je reste chez moi toute la journée. Je travaille sur ma thèse. Je pars et rejoins mon rendez-vous.

J'emprunte la route des écoliers. Je ne croise personne. J'arrive à destination. Le portail ne ferme pas à clé. Je l'ouvre et roule sur le chemin de la maison. C'est la propriété d'un ami de mon père. Il n'y a personne ce week-end. Nous serons tranquilles. Vincent est déjà là. Il a trouvé sans difficulté. Je me gare près du camion. Puis, je descends et vais à sa rencontre.

« Salut Vincent, tu n'as pas eu de problème ?

- Salut ! Non aucun.

- Tant mieux ! Alors, écoute-moi bien. Ici, on est tranquille. On va tout sortir du camion et le nettoyer de fond en comble à l'eau de javel. As-tu trouvé la quantité que je t'ai demandée ?

- Oui, mais tu devras me rembourser deux bidons car j'en avais qu'un chez moi. Mais pourquoi on va tout nettoyer ?

- Il nous faut prendre toutes les précautions. C'est important que les sorties précédentes n'apparaissent pas si jamais on se fait choper. Ils ne pourraient pas remonter les autres meurtres. Tu comprends ?

- Ah ! Tu penses à tout. Donc, si je me fais prendre, il pourront m'accuser que d'un seul. C'est très fort !

- C'est ça. Bon ! Tu vas retirer les couvertures, les draps et les oreillers. Tu enlèveras aussi les mousses qui servent de matelas. Tu les mettras là.

- OK ! Je le fais de suite. »

Il se met au travail. Pendant ce temps, j'enfile des gants. J'ouvre mon coffre et je me dirige vers la place du conducteur pour y récupérer le pistolet.

« Mickael, j'ai fini. Je fais quoi maintenant ? Waouh ! T'as amené le flingue ! Je peux l'avoir ?

- Non après. Pour le moment, on lave tout le camion à l'eau de javel. Ensuite je te dirai, OK ! »

Il est un peu déçu mais obtempère.

- Bien. »

Après une heure et demi de nettoyage intensif, j'entraîne mon ami vers ma voiture.

« Voilà ! Tu as tout pour refaire le lit de A à Z. Tu mettras les emballages avec l'ancienne literie.

- OK ! Et après, je pourrais avoir le flingue ?

- Oui. Ne t'inquiète pas, on verra ensuite. »

Il déballe tout. Je récupère un peu d'essence et j'allume le tas. Il revient. Il a fini de tout remettre en place. Je regarde l'heure, bientôt dix-neuf heures.

« Vincent, bravo ! Tu as fais du bon travail. On attend que tout soit consumé. Après, on on ramassera le reste et on ira le déverser dans le trou au fond du jardin.

- OK ! Mais en attendant, on fait quoi ?

- Toi, tu vas rester ici jusqu'à ta sortie de ce soir. Tu as pu t'arranger vis-à-vis de tes parents ?

- Oui ! Je leur ai dit que j'allais donner un coup de main pour ranger du bois et que je serais payé.

- Bien! Mais tu vas prendre l'argent où ?

- Ben, mon invité de ce soir aura peut-être un peu d'argent sur lui.

- Pas bête ! Sinon, je t'en donnerai.
- Merci Mick.
- De rien. »

Je sors de ma poche un papier avec un plan.

« Regarde ! »

Il se penche sur le document.

« Ce soir, tu iras dans cette boîte de nuit, pour ta rencontre. Et tu finiras dans ce bois là ! Tu emporteras le flingue avec toi. Mais tu ne l'utiliseras qu'en cas de besoin. Ne déconne pas car c'est important de faire attention. »

Son visage s'illumine. Il est fou de joie.

« Trop cool ! J'aurais le flingue pour moi ce soir ?
- Oui, mais tu y fais attention.
- Oui, bien-sûr.
- Quand tu auras ta compagnie avec toi, tu partiras en direction de cette forêt. À cinq kilomètres, tu t'arrêteras dans la cabine de ce petit village. Tu m'appelleras pour me confirmer que tu as bien ton colis.
- Pourquoi une cabine ? J'ai le portable. Et pourquoi je t'appellerai pendant ? On ne l'a jamais fait avant.
- Oui je sais. Je vais garder les portables. Tu les récupéreras en venant chez moi après ta soirée. Et pour le fait de m'appeler c'est juste pour savoir si tout va bien.
- Oui je comprends. Ton inquiétude pour moi me fait plaisir. Merci. Je ferai comme tu m'as dit.
- Très bien. Quand tu reviendras à la planque, tu laisseras le pistolet dans le tiroir à l'arrière après avoir nettoyé tes empreintes.

- D'accord. »

Je le sens surexcité.

« Je vais sortir armé. Je suis trop content !

- Je t'ai pris de quoi manger pour ce soir. C'est un simple sandwich. Tu le mangeras dehors et tu brûleras l'emballage. »

Je lui tends un paquet de munitions.

« Tu brûleras ce sachet aussi. Les balles, tu les mettras dans le barillet juste avant d'aller en boîte.

- Cool.

- Bon, n'oublie pas tout ce que je t'ai dit. Je vais te laisser mais avant, tu vas m'aider à mettre tout dans le trou.

- Non, je vais le faire, va travailler. »

Je lui souris brièvement.

« Merci Vincent. À plus et bonne soirée.

- Merci. »

Je monte en voiture et prends la direction de chez Quentin. Un peu plus tard, nous sommes au restaurant, tous sourire. Ecore de super retrouvailles. J'offre son cadeau à Quentin. Il est super heureux. Il me rappelle qu'il est grand avec son mètre soixante-cinq. Il pose son bras sur le tee-shirt, la montre bien en évidence.

« T'as vu ? Ils vont bien ensemble ! »

Un repas, un rituel dont l'échange reste toujours aussi magique. Je ramène Quentin au centre.

Dans l'ombre, le docteur Pierre Lebon attend. Mickael part vers l'hôpital. Son père le suit à bonne distance mais Mickael ne le voit pas. Il se gare sur le parking des urgences. Son père est surpris. Il n'est pas de garde. Pourquoi va-t-il à l'hôpital ? Il ne s'attendait sûrement pas à ça.

En arrivant à l'hôpital, j'explique à mes collègues. Je veux rester là ce soir, au cas où il y aurait besoin. Ainsi, je serai sur place en cas d'urgence. Mon père m'appelle. Il me demande si j'ai passé une bonne soirée et si je suis bien rentré. Alors, je lui explique que je préfère rester dans la chambre de permanence. Je souhaite être utile si besoin est.

Le docteur Lebon rentre chez lui rassuré. _

Je lis tranquillement en attendant le coup de téléphone de Vincent. Je ne cesse de scruter ma montre. Il est déjà une heure du matin. Je n'arrive pas à entrer dans l'histoire du roman que j'ai commencé. L'heure tourne et toujours rien. Mais que fait-il ? Mon esprit attend son appel. Je tourne d'un côté, de l'autre. Je me lève. Je me recouche. Le manque de patience finit par me faire somnoler. À deux heures et demi, mon portable vibre enfin. Je sursaute et décroche.

« Allo Mick, c'est moi. J'ai un très beau colis pour ma soirée.

- Cool ! Fais attention, OK ?

- T'inquiète pas. Je te laisse car je ne veux par rater mon coup. »

Il rit en raccrochant.

J'enfile mes chaussures et je descends à l'accueil. Le calme règne.

« Ça ne bouge pas trop ce soir, Isabelle !

- Non Mickael ! On aura sûrement le coup de feu à la sortie des boîtes, comme d'habitude. Mais tu ne dors pas ?

- Non, j'ai du mal ! Je pensais aller chercher des croissants et se faire un petit déjeuner tous ensemble avant le coup de feu.

- C'est super gentil ça ! Vous entendez les filles ? On va avoir un vrai petit déjeuner. Mais où vas-tu trouver des croissant à cette heure-ci ?

- Je connais une boulangerie à une quinzaine de minutes. Je file. Vous préparez le reste ?

- OK. »

Il se dirige vers sa voiture et part. Une dizaine de minutes après, il s'arrête, laissant la voiture allumée. Il entre dans une cabine téléphonique. Il en ressort trois ou quatre minutes plus tard et repart.

Je tourne un peu dans Tourge et m'arrête pour acheter les croissants. De retour aux urgences, comme prévu, je partage un moment de détente avec mes collègues. Puis je retourne dans ma chambre.

Dix-neuvième chapitre

Journée catastrophe

Je suis réveillé par mon bipper, une urgence. Je saute du lit me passe un coup d'eau et pars. Un accident de la route au lever du jour nous apporte cinq victimes plus ou moins graves.

Je prends en charge une enfant de dix ans : le coup du lapin. Je l'ausculte et la dirige vers le scanner. Rien de bien grave, à priori mais il est important de s'en assurer. Dans les couloirs, les brancards attendent par ordre de priorité, un box et un praticien.

Le scanner de ma patiente ne révèle rien. Sa douleur est due au choc. Je lui prescris un anti-douleur et une minerve. Elle peut repartir avec sa maman et se reposer. L'accalmie revient doucement. Je profite d'un moment de répit pour prendre des nouvelles de Madame Samphott. Toc ! Toc !

« Entrez ! »

Elle est toujours en forme, malgré son âge et la souffrance. J'entre en refermant la porte délicatement.

« Bonjour Madame.

- Bonjour docteur. Ça tombe bien, je voulais vous voir.

- Ah, oui ?

- Oui ! J'ai regardé votre travail avec intérêt. J'ai pu constater l'application de votre écriture. »

Je souris.

« Merci, c'est gentil. Je suis flatté.

- Mais, vous êtes fâché avec les points ?

- Heu… non, Madame.

- Rappelez-vous, les bijoux des règles d'orthographe seront la couronne de vos écrits. Épelez-moi bijou.

- B.I.J.O.U. Et au pluriel, je rajoute un « X ».

- Très bien mon garçon !
- J'ai pris une bonne leçon. Je passais simplement prendre de vos nouvelles.
- Je vais beaucoup mieux.
- J'en suis ravi. Je vais vous laisser. Reposez-vous. »

Je repars et je reviens dans mon service. Ils sont assez pour le moment. Je prends une pause. J'entre et prends un café à la machine. Je m'installe sur la banquette. Le journal n'est pas encore arrivé. Assis devant mon gobelet en plastique, je mélange. Une infirmière me rejoint dans la salle.

« Tiens, Mickael ! Ça va ?
- Ah Mireille ! Oui, ça va et toi ?
- Ça va. Le chef vient d'arriver. Il m'a demandé si tu étais resté là toute la nuit. Je voulais que tu le saches. »

Tiens ! Mes doutes seraient-ils justifiés ?

« Merci ! Je l'ai eu au téléphone hier soir. Je lui ai dit que je resterais aux urgences cette nuit, au cas où.
- Ah OK ! Je lui ai simplement dit que tu étais ici. Je pense qu'il s'inquiète pour toi. »

Je lui souris.

« L'inconvénient d'avoir son père comme chef ! Un café ?
- Non non, j'ai pas le temps. Je dois reprendre mon service.
- OK ! »

Elle ressort de la pièce. Vu l'attitude de mon père, je me doutais qu'il se posait des questions. Si ça se trouve, il m'a suivi, hier soir. Quand on parle du loup, on en voit la queue. Le voilà !

« Bonjour Mickael ! Comment vas-tu ?
- Bien Papa et toi ? Je te paye un café ?
- Si tu veux. Oui ça va. »
Je tends la main.
- Par contre, t'aurais pas deux pièces ? J'ai plus de monnaie. »
Mon père me sourit et farfouille dans sa poche. Ne trouvant pas directement, il vide sa poche sur la table. Du coup, je me sers et je fais couler un café noir pour mon père et un normal sucré pour moi. Il remet le tout dans sa poche et nous nous installons à une table pour boire. Il se relève et allume la télévision. La publicité passe. Il me rejoint.
« Comment te sens-tu mon fils ? Ces derniers temps, ça n'a pas été facile pour toi. »
Il tapote ma main.
« C'est encore bousculé dans ma tête mais je me sens presque libéré.
- J'en suis ravi alors. J'espère que tu nous pardonneras ce silence.
- C'est déjà oublié, Papa. Je n'ai qu'une hâte, c'est de retrouver Mathieu.
- Moi aussi, j'ai hâte. Si ta mère l'avait souhaité, nous l'aurions élevé aussi et vous auriez grandi ensemble. »
Le jingle d'une publicité pour petits pois se fait entendre. Nous relevons la tête.
« Je le sais bien, Papa. »
La musique du journal d'information retentit. C'est une édition spéciale.
« Mesdames et Messieurs. annonce le présentateur. Nous

interrompons nos programmes afin de vous informer d'un fait tragique.

- Que se passe-t-il ? interroge mon père.

- Je ne sais pas !

- Cette nuit, vers 2 h 50, poursuit le journaliste, un fourgon blanc a pris la fuite lors d'un grand contrôle routier. Plusieurs véhicules des forces de l'ordre ont poursuivi le fuyard. Cette course-poursuite s'est terminée par la mort du chauffeur. En direct, Hélène Lecoup a suivi les investigations de près. Hélène ? Vous m'entendez ?

- Oui, Patrick, je vous entends. Ici, c'est le cahot. Contrairement à ce que nous pensions, le chauffeur n'est pas mort dans un accident de la circulation. En fait, une fusillade a éclaté entre la police et lui. Une jeune femme menottée se trouvait à l'intérieur du fourgon. Le chauffeur a voulu échapper aux policiers et a fait feu. La victime est secouée mais indemne. »

Un ouf de soulagement de la part de Mickael. Le père, lui, doit se sentir sécurisé.

« Heureusement, elle était allongée et a échappé à l'assaut des balles. Encore sous le choc, elle a été évacuée vers l'hôpital Trousson. Nous n'avons pas encore l'identité de son agresseur. D'après les premiers éléments, ce serait un jeune d'une vingtaine d'années. Je ne manquerai pas de vous informer dès qu'il y aura du nouveau. Je vous rends l'antenne.

- Merci Hélène. Mesdames et Messieurs, veuillez nous excuser pour cet interruption. Nous reprenons notre programme.

- Tu vois, ça aurait pu bouger cette nuit.

- Tu as raison, Papa ! Comment peut-on enlever des personnes ainsi ?

- Tu sais, il y a de tout dans le monde : des choses bonnes et des moins bonnes.
- Mais là, c'est grave quand même, Papa. »

Nos deux bippers se mettent à sonner. Nous rejoignons les urgences.

« Docteur, un accident de tribune a fait une centaine de victimes. Elles sont réparties dans les établissements Trousson, Chatoron, et Boutonneux, notre hôpital.

- Préparez tous les boxes disponibles ! Chacun reprends son poste. Les cas plus urgents seront adressé aux docteurs Hugo, Renard et Tamplex. Les autres seront gérés par les internes. »

Le balai incessant des véhicules de pompiers dépose son flot d'accidentés. Je passe de blessé en blessé. À la fin de la journée, je suis exténué. Je me dirige en salle de repos. J'entre. Mon père est déjà là, avec des confrères.

« Tu avais bien vu cette journée en mobilisant tout le personnel, Papa !

- Oui mon fils. Je te rassure avec les années tu acquerras de l'expérience et tu sauras faire face partiellement ou complètement à toute situation.

- Comme dirait le proverbe, Docteur : mieux vaut prévenir que guérir.

- Très bien cher confrère. Je te paye un café ? Si je me rappelle bien, tu n'as pas d'argent.

- Merci bien. Une dure journée entre les chevilles foulées, les bras cassés et les genoux avec un x, s'il vous plaît !

- Tiens ton café. Mais pourquoi tu me dis cela ? »

Je souris intérieurement.

« Oh pour rien ! Je pensais à une patiente.

- Je vois qu'elle t'a tapé dans l'œil, alors ! »

On sourit tous les deux. Je pars rejoindre mon équipe. Ma garde n'est pas terminée.

Quelle journée harassante ! C'est un peu la roulette russe. Comme en restauration, il y a le coup de feu puis l'attente. Je suis guère intervenu dans la fin de soirée. De simples petits bobos.

Ma garde dure encore toute la nuit. Je mange avec quelques collègues. Les conversations tournent autour du tragique effondrement de la tribune. J'attaque ma salade verte sans un mot. Je pense à mon ami Vincent. J'espère qu'il n'a pas eu le temps de souffrir. Je me lève pour réchauffer mon plat de résistance : jambon purée. Je me rassois et mange doucement. Le pain n'est pas gros ce soir. Cinq morceaux pour sept. Il est maigre le chien, comme on dit chez moi. Ça papote dur dans l'étroite pièce qui nous sert de réfectoire.

Une élève infirmière relate le flash de ce matin. Je n'y prête aucune attention. Je mange un bout de fromage sans pain. C'est moins bon, mais bon ! J'arrive au dessert. Ça ne sera pas une mousse comme les aime mon ami Quentin, mais une pomme. Julie, l'infirmière en chef, allume la télévision et ramène un bock de café pour toute la troupe des tuniques blanches.

Le journal a déjà commencé. Il parle de la catastrophe du cross. Ils passent une vidéo amateur. On y voit les applaudissements puis un grand boum ! De la fumée s'élève dans le ciel. Des cris par là, des pleurs par ici. Une confusion mortelle règne. Peu de temps après, on entend les sirènes. Les uniformes s'activent pour dégager et secourir les blessés. Un monde de désolation sur un tableau dont la couleur rouge coule encore. Le bilan est malheureusement très lourd : un mort et soixante-sept blessés dont trois très grièvement.

« Je pense qu'on a évité le pire ! fait remarquer Paulette, la plus ancienne de l'hôpital. »

Le présentateur reprend la direction de son journal. Il parle de la tragédie de cette nuit. Tout le monde se tait.

« Nous revenons sur l'agression avortée de cette nuit. D'après les dernières informations, la jeune femme a pu rentrer chez elle. Son agresseur, Vincent Delure, dix-huit ans, est mort, abattu par les forces de l'ordre. Il serait l'auteur de cinq viols et meurtres par strangulation sur trois jeunes hommes et deux jeunes filles. Il a également deux tentatives de meurtre à son actif : un jeune homme et la jeune rescapée de cette nuit. Les enquêteurs ont découvert sa planque et ont pu regrouper des indices compromettants. À l'heure où je m'adresse à vous, un jeune homme, victime d'une tentative d'enlèvement il y a quelques semaines, a reconnu clairement Vincent Delure comme son agresseur, par le biais de photographies. »

Une victime traumatisée a besoin de se rassurer et de voir son bourreau arrêté voire mort. Le cerveau est saturé. Parfois, en apprenant l'arrestation ou la mort d'une personne rendue coupable de faits similaires, le système d'alarme de la victime se reconnecte. Elle acquiert alors la certitude qu'il s'agit de son agresseur. J'ai une chance inouïe ! Je suis triste de ne pas le revoir mais je le remercie pour ma liberté.

« La poursuite, engagée à quelques kilomètres d'une discothèque de la région, a été lancée suite à un appel anonyme. Cette course s'est achevée par l'accident du véhicule de l'auteur. Se sentant pris au piège, il a sorti une arme et a fait feu en direction des policiers. Ceci a entraîné une fusillade de quelques minutes entraînant la mort de Vincent Delure. Dans quelques secondes, votre météo avec Muriel Botant. Moi, je vous dis à demain et bonne fin soirée. »

Je reprends mon travail. L'horloge arbitre la course entre la grande et la petite aiguille. Une bataille rangée de minutes en heures. Celle de la seconde cours tel un lévrier. À l'arrivée, il est 6 h 30. Déjà l'heure de me changer et de rejoindre ma vie privée. Les derniers événements ont fini de m'abattre, je suis épuisé. Je pointe et je rentre chez moi.

J'ouvre la porte et me déchausse. Je me pose sur le clic-clac sans le déplier. Le semeur de sommeil passe en moi, je m'endors de fatigue. Ce lundi, je ne fais rien. Je pense à Vincent. Il ne souffre plus. Il est libéré des siens. Je m'en veux. J'aurais pu l'aider mieux. Je suis déçu. Pourquoi n'ai-je pas fait le nécessaire ? Je pleure ce gâchis. Je reste en boxer, mon plateau repas devant moi. J'ai récupéré quelques plats restant de l'hôpital. Je suis las. Je prends un cachet. Mes yeux baissent le rideau.

Vingtième chapitre

L'attente

Mardi. Je me réveille en douceur en début d'après midi. Ma nuit, je ne l'ai pas vue. Aucun rêve ne me reste en tête. Je m'habille et me rends sur mon banc.

Je note de ma plus belle écriture.

Pourquoi ?

Je range mon carnet. Je n'ai pas le cœur à écrire

Le reste du mois se passe entre mes gardes et chez moi. Le samedi soir, je ne sors plus. Je suis passé sur la tombe de Vincent pour y déposer quelques fleurs. Lui dire que je pense à lui. Je lui ai apporté le journal pour lui montrer.

« Tu vois, ami Vincent, tu voulais faire la une, tu y es arrivé. »

Je ne lui lis pas l'article. Il mentionne aussi les preuves accumulées et la découverte de son terrier. Les indices l'accusent directement. Le Procureur de la République félicite le travail acharné des enquêteurs.

Je pense à mon frère, Mathieu. Où est-il ? J'ai vraiment hâte de le rencontrer. Et surtout de pouvoir le serrer contre moi, partager enfin une complicité de jumeaux. Vivre en s'inquiétant de l'autre, se confier les travers de nos vie, être enfin réunis.

J'ai vu Quentin. Il est toujours souriant. Il prend toujours le même dessert pour notre rituelle sortie. J'étais content de le voir. Sa présence embellit ma vie. Et en ce moment, j'en ai besoin. Mon père se rapproche plus de moi. Il est attentionné. Ma mère, quant à elle, se veut encore désolée de ce mensonge.

En ce lundi de septembre, j'arrive pour prendre ma garde.

« Bonjour Mickael !

- Bonjour Paulette, toujours fidèle au poste ?

- Il faut bien que quelqu'un surveille les nouvelles recrues, non ?
- C'est vrai ! Mais notre présence vous manquerait.

Elle lève la tête et sourit.

- Chut ! Ne le dites à personne !
- Ne craignez rien ! Je saurai garder le secret.
- Au fait ! Votre père vous attend dans son bureau dès que vous pourrez.
- Merci Paulette. »

Je quitte l'infirmière et je me rends au bureau de mon aîné. La porte est ouverte. J'approche. Je passe ma tête dans l'embrasure, il n'est pas là ! J'attends deux ou trois minutes mais toujours personne ne se pointe. Je pars en direction de la salle d'attente. Il est là.

« Tu me cherchais, Papa ?
- Oui ! Dis-moi tu n'aurais pas un peu de monnaie sur toi ?
- Oui, j'ai ! Je te paie un café ?
- Je veux bien mon fils. Tu me rejoins dans mon bureau ? »

Il est parti et moi j'attends que le café coule. Je récupère les deux gobelets et me rends au bureau du chef.

« Rentre mon grand !
- Merci. Tu voulais me voir ?
- Oui. J'ai un ami d'enfance expert psychiatre qui officie en Aquavétaine. Il m'a contacté après avoir eu vent de l'arrestation de ton demi-frère. Lui aussi connaissait ton père. Il est au courant de toute l'histoire.
- Ah ! Et ?

- Enfin bref, c'est lui qui va expertiser Marc. Tu vas l'accompagner. Tu passeras pour son stagiaire. »

Je suis super content et ému à la fois. Je deviens impatient à l'idée de ce rendez-vous.

« C'est génial ! Je vais pouvoir le rencontrer ? Mais il ne me connaît pas.

- Certes ! Mais personne ne sait que vous êtes demi-frères. Le docteur Neronne te laissera débuter pendant dix à quinze minutes. À toi de lui parler et de savoir si il peut te renseigner sur Mathieu.

- Merci Papa. Je suis pressé de le voir. Quand le rendez vous est-il programmé ?

- Moi aussi, car lui pourrait nous aiguiller. Tu descendras à la gare de Bergeron après demain. Mon ami te récupèrera à neuf heures.

- J'y vais en train donc. J'y serai. Je te laisse, je vais reprendre mon travail.

- Une dernière chose. J'ai un problème de planning, la semaine prochaine. J'ai réquisitionné le médecin des soins palliatifs pour assurer les sorties du SAMU. Tu le remplaceras le temps d'une journée. Le problème du manque de personnel occasionne la polyvalence.

- Je sais. Tout le monde souffre de ce fléau. Je file. À plus tard, Papa.

- Attention à toi, mon fils. »

Je repars dans les couloirs de la souffrance. Je me sens anxiogène à l'idée de ma future rencontre avec ce demi frère dont j'ignorais l'existence jusqu'à cette annonce dans le journal. Je ne dois pas me déconcentrer de mon travail.

Il se fait tard. Mes interventions diminuent.

Un confrère me remplace. Je vais dans la chambre de repos. Je dépose mon bipper sur la table de nuit, bien en évidence. J'ouvre mon lit. Je me déshabille et m'engouffre dans le fin fond de mon carrosse à rêves.

À croire que mon bipper est en panne. J'ai dormi sans aucune interruption. Je me lève, revêt ma tenue blanche et me dirige vers la salle de repos. Salle de café mais aussi d'événements ; surtout ces derniers jours.

Devant mon gobelet, je pense à ce rendez-vous de demain. Je jette le gobelet dans la poubelle et rejoins mon service. Après avoir salué tout le monde, je suis appelé dans le box numéro deux. La journée passe, de soins en soins. Je ne me rends pas sur mon banc. Je n'ai pas le cœur de le retrouver. Je dois détruire le carnet de mes maux, mais je ne peux pas pour le moment. C'est une preuve. Elle pourrait changer la donne sur l'enquête des pendus. Il va pourtant falloir m'en débarrasser. Pour le moment, il n'y a pas d'urgence.

Je quitte l'hôpital et je rentre chez moi après un bref arrêt au magasin. Mon frigo est vide. Un peu de compagnie lui fera plaisir. Et surtout, ça remplira mon ventre. Je rentre et je m'affaire à la cuisine. Un bon moyen de penser à autre chose et de s'emballer dans une imagination culinaire. Un beau steak danse dans la poêle. Je lave et coupe une salade verte. Dans un plat rond en plastique, je verse le sachet de pommes de terre sous vide. Un gain de temps quand on en a pas beaucoup. Je rajoute ail et fines herbes. Je retourne la viande car je l'aime juste très bleue. J'y ajoute les ingrédients que je viens de préparer. Mon odorat écume les vapeurs de senteurs. Mon ventre fait un bruit d'impatience. Et voilà ! Ma sauce salade achevée, je me mets à table. Je mange bien et je me fais couler une tasse de café. Je programme mon réveil pour quatre heures du matin. Mon train part à cinq heures. Posé sur mon clic-clac, je pense et je finis par m'endormir.

Vingt-et-unième chapitre

Enfin

Bip ! Bip ! Le troisième Bip n'a pas le temps de retentir. J'éteins la sonnerie. Je me lève et me douche. Puis, je bois mon café et je me brosse les dents. Enfin, je m'habille. Une demi-heure plus tard, je suis sur le quai de la gare. Le train arrive. L'heure, c'est l'heure. Je monte. Le train repart doucement, puis accélère de plus en plus. Je suis assis à côté d'un jeune homme. Il a une vingtaine d'années. Nous discutons de romans. Son prénom est Cédric. Il va sur Bergeron pour un entretien d'embauche, en restauration. Il est commis de cuisine. Il est très beau mais cela m'attire de moins en moins.

Nous arrivons à destination. Il n'est que huit heures vingt trois minutes. Je propose à mon compagnon de voyage de partager un café à la brasserie de la gare. « Le Terminus » pour ne pas le nommer. Il accepte mais me fait comprendre qu'il n'a pas d'argent. Pas de souci, je lui offre de bon cœur.

Attablés devant nos tasses, on échange nos numéros de téléphone. Il n'a pas une vie simple. Je sens en lui, une souffrance profonde. Il est l'heure de le quitter.

Après un bref au revoir, je sors face au hall de la gare. Une belle voiture arrive au loin. Elle s'approche et stoppe au feu tricolore. J'ignore à quoi ressemble l'ami de mon père. Ils ne se sont pas vus depuis des années. Heureusement, le téléphone est là ! Le vert s'allume. La personne redémarre et s'arrête devant moi.

« Bonjour, veuillez m'excuser !

- Oui ? Je peux vous aider ?

- Je cherche la société MMDILE.

- Je ne suis pas d'ici. Je ne peux pas vous renseigner.

- Ce n'est pas grave, Monsieur. Bonne journée et merci bien.
- À vous aussi. »

Un coup dans l'eau. Une autre voiture arrive à ma hauteur. Cette fois, c'est pour moi. J'ouvre la portière et grimpe à l'intérieur.
« Bonjour Mickael ! Je suis le Docteur Neronne.
- Enchanté, Monsieur.
- Appelle-moi Albert.
- Bien ! Comme vous voudrez.
- Alors, voilà comment va se dérouler cette journée. »
Je ne dis pas un mot. Je l'écoute avec attention. J'ai peur à l'idée de rentrer dans une prison. J'appréhende la rencontre. Mais je dois me maîtriser. Il parle calmement, clairement. Il est coiffé, les cheveux en arrière, attachés en queue de cheval. Ils sont assez longs. Il porte une chemise noir à carreaux blancs, ou l'inverse peut-être. Un pantalon de cuir noir. Une allure décontractée, style cow-boy.

Nous arrivons devant un grand bâtiment surmonté de fils barbelés. Il se gare et nous descendons de son véhicule. Il ouvre le coffre. Chose incroyable, il déchausse ses santiags et enfile des baskets. Nous avançons jusqu'à une grande porte en fer. C'est l'entrée. Il présente l'ordonnance du juge. La personne me demande ma pièce d'identité. Lui, il est trop connu.

Nous rentrons et passons sous un portique de sécurité. Une impression me traverse. Je ne suis pas détenu et pourtant, je ressens l'emprisonnement me compresser. Nous passons sous un portique à rayons X. Je comprends maintenant pourquoi il a changé de chaussures. Des hommes en uniforme de l'administration pénitentiaire, grouillent de partout. On traverse un couloir exigu et on nous fait attendre.

« Pas trop stressé, Mickael ? C'est une première pour toi.

- Un peu ! C'est impressionnant.

- Ne t'inquiète pas. Dans quelques minutes, tu n'y feras plus attention.

- J'espère. »

Les verrous claquent dans tous les sens. La gâchette automatique s'enclenche et la porte s'ouvre. Nous entrons dans le parloir, des cases vitrées de deux ou trois mètres carré. Le docteur parle avec le gardien et lui demande de rencontrer un gradé. Il lui explique que je suis stagiaire, en fin de parcours. Je vais donc commencer l'expertise pendant quelques minutes, le temps qu'il rencontre son chef. Me voilà dans la cage, avec pour seule compagnie, une table et deux chaises. Je m'assois. Je tremble sans le montrer. Dans ma tête je fais défiler ce que je vais dire ou pouvoir lui dire à Marc. Je sais ce que peut ressentir un oiseau en cage avec cette expérience.

J'entends le surveillant, comme on les appelle ici, tourner la clef dans la serrure de la porte. Son trousseau a l'air de chanter. C'est moi la clef de l'enfermement ou de la liberté, écoutez-moi résonner dans la serrure. Les poils de mes avants-bras se redressent. Un jeune rentre dans l'embrasure de la porte. Il attend sur le côté. Le gardien lui montre la cabine de son visiteur. C'est la mienne.

« Bonjour. Je suis le Docteur Lebon, je suis stagiaire. On attend le docteur Neronne pour votre expertise. Asseyez-vous. »

Il s'exécute. Il me regarde avec intensité. Le gardien s'éloigne.

« Bonjour. Vous ressemblez à quelqu'un que j'ai connu quand j'étais jeune, une ressemblance parfaite.

- Je le sais. Vous parlez certainement de Mathieu.

- C'est ça !

- Alors, je ne suis pas vraiment ici pour accompagner mon confrère, mais pour vous parler. J'attendais que le gardien s'éloigne. Je sais toute l'histoire. Mes parents adoptifs m'ont tout raconté. Marc, je sais que tu es mon demi frère. Je vais essayer de te connaître et de t'aider comme je le pourrais. Peu m'importe les faits que tu as pu commettre pour être ici. Je peux te tutoyer ?

- Oui tu peux. Tu proposes de m'aider mais je suis en taule maintenant.

- Je vais voir, tout en restant anonyme, comment je peux t'aider. J'aimerais savoir si...

- Excuse-moi ! Tu as un stylo ?

- Oui. Le voici. Tu veux aussi, une feuille, je suppose.

- Oui. »

Il griffonne quelques mots et me rend le tout. Je le glisse discrètement dans ma poche, dès que le surveillant est passé pour se rasseoir.

« Tu sais, mon, notre père m'avait confié à notre oncle avec Mathieu. Notre frère est autiste et il ne voulait pas le garder. Alors, il l'a abandonné dans une structure appropriée, depuis ses quatre ans. Le vieux est mort avec sa pétasse dans un accident de voiture. Je ne regrette pas d'ailleurs. Mais je suis content. Je t'aurais enfin rencontré. Je te cherchais depuis très longtemps.

- Le docteur ne va pas tarder. Je te ferai savoir où m'écrire et à quel nom. Il te faut de l'argent ?

- J'en ai encore un peu. Mais il va fondre rapidement. Le tabac est important en milieu carcéral.

- OK, j'ai compris. On ne se connaît pas encore, mais maintenant que nous nous sommes trouvés, nous allons apprendre à nous connaître.

- Tu sais, Mathieu est un gentil garçon. J'ai pu aller le voir plusieurs fois en cachette de notre oncle. Il m'avait interdit de le rencontrer. Il m'avait dit aussi que ton père avait fait exprès de te prendre car il savait pour le handicap de Mathieu.

- Mais mon père l'aurait aimé comme il m'aime, tu sais.

- Je le sais. Mais l'oncle avait une rancœur contre lui.

- Chut ! Plus un mot, il arrive. Merci Marc !Je te laisserai pas tout seul mon frère. J'aurais aimé te serrer dans mes bras. Mais la discrétion est de rigueur. »

La porte de la pièce s'ouvre sur le Docteur.

L'expertise prend quarante cinq minutes. Durant tout ce temps, je ne cesse de regarder mon frère. Il est intelligent, posé. Il réfléchit avant de parler. J'en apprends beaucoup sur son enfance, sa vie. Mais il ne parle pas de notre naissance. Je suis un peu triste de le laisser partir dans l'ombre de sa cellule.

Le temps qu'il franchisse les portes, nous sommes cantonnés à attendre. Le docteur me demande si j'ai pu avoir ce que je cherchais. Je lui explique tout. Il me demande de lire et de prendre note de ses écrits. Je dois faire attention et regarder autour de moi que personne ne me regarde. Question de sécurité. J'insère le papier écrit par Marc.

Nous reprenons le labyrinthe dans le sens inverse. À l'extérieur, j'avale l'air à grandes bouffées. Je me sens fatigué d'avoir pénétré dans l'enceinte de la prison. Comme quoi, l'inconnu fait peur. Mais je suis heureux de l'avoir rencontré. Je suis mon hôte. Nous allons au centre ville pour faire une pause déjeuner. Je suis triste de le laisser là-bas.

Il choisit un établissement trop luxueux à mon goût. À l'intérieur, il me tend le morceau de papier. Je le lis. Une larme coule sur mes joues. J'ai enfin l'adresse de Mathieu. J'ai envie de serrer quelqu'un dans mes bras. Je pleure, mais de joie. Le docteur Neronne comprend et m'encourage à rester digne. Je le remercie sincèrement.

Après un bon repas, d'une valeur financière importante mais faible, par rapport à ma découverte, je mets mon trésor dans mon portefeuille. J'y veillerai comme à la prunelle de mes yeux. Nous partons pour la gare. J'envoie un texto à Cédric pour voir si son entretien a porté ses fruits. Il est sur le retour pour attraper un train. Sur le quai, je remercie sincèrement Monsieur Neronne.

Mon train est déjà là. Je monte et vais m'asseoir. Cédric arrive. Il n'y a pas grand monde dans le wagon alors il s'assoit à côté de moi. Nous parlons de son entretien d'embauche. Il n'a pas décroché le poste. Je lui dis que je suis interne en médecine. On sympathise.

Le train rentre en gare de Tourge. Il s'arrête et Cédric et moi descendons. Je le salue et le quitte. Mon père est là. Il est venu me chercher. Je suis content de le voir. Pendant le trajet, je lui raconte ma rencontre avec Marc.

Il voit en moi une réjouissance égale à la sienne. Je lui montre le morceau de papier. Il trouve que Marc a une belle écriture, soignée. Je ne dois pas juger le comportement de mon frère mais le voir de façon différente, peut-être le comprendre, même s'il déplore les actes commis. Je le rassure. Je ne veux pas le juger. Je suis aussi consterné par les faits commis, d'une gravité, certes impardonnable, mais je viens juste de le rencontrer. Je souhaite simplement nouer un contact avec ma famille, en plus de celle que j'ai déjà. Mon père sourit, les yeux rivés sur la route. Un clin d'œil lui échappe sur mes derniers dires.

La complicité s'est renforcée entre nous. On arrive chez lui. Ma mère a préparé un bon repas. Mes papilles salivent. Je m'installe à table, directement après avoir embrassé ma mère pour ne pas faire refroidir les mets. Durant tout le repas, nous parlons de cet entretien. Le repas s'éternise mais cela ne me déplaît pas.

Vingt-deuxième chapitre

Remplacement

Jeudi matin. Après une nuit chez mes parents, je pars travailler. Aujourd'hui, je prends mon poste de remplacement aux soins palliatifs. J'arrive dans le service et me présente auprès du personnel. Je ne connais pas grand monde. Je suis en tenue. Je fais le tour des chambres, accompagné de trois infirmières.

Je passe de patient en patient. C'est un service difficile. La majorité est en fin de vie. Durant ma visite, j'apprends les différentes pathologies et les soins prodigués. Mes collègues infirmières se montrent très professionnelles et très attentives envers moi. J'entre dans la chambre deux cent trois.

« Monsieur Levif, bonjour. Je suis le docteur Lebon. Je remplace votre médecin habituel.

- Bonjour ! dit péniblement le vieil homme. »

Il parle lentement, d'une voix faible, étouffée. Ses mots sont hachurés.

« Comment vous vous sentez ce matin ?

- Comme un vieux. Je suis épuisé et j'attends la délivrance. Docteur, je n'ai pas saisi votre nom.

- Docteur Mickael Lebon, Monsieur. »

Il esquisse un sourire le plus large possible.

« Enchanté.

- De même.

- Pourrai-je vous parler un instant après vos visites ?

- Bien-sûr. Je finis mon tour avant de revenir vous voir.

- D'accord, Docteur. Il n'y pas d'urgence.

- Je repasse tout à l'heure. »

Je continue mes visites. Rien de particulier à signaler. Je retourne au bureau des infirmières pour le débriefing du matin car elles connaissent leurs patients mieux que moi. Une mini réunion d'une demi heure. Puis, je retourne voir Monsieur Levif. J'emprunte de nouveau le couloir des chambres. Je frappe et je suis invité à entrer.

« Voilà Monsieur ! Je suis disponible. Je vous écoute.

- Merci Docteur. Je voulais vous remercier de vous occuper de mon petit-fils.

- Votre petit-fils ?

- Oui, mon adorable petit fils, Vincent.

- Je ne connais pas de Vincent Levif, Monsieur.

- Non ! Vincent Delure. Ma fille s'est mariée avant d'avoir des enfants. Vincent porte le nom de son père.

Mon sang ne fait qu'un tour. Le problème refait surface. Je sens mon visage se décomposer mais j'essaie de ne rien laisser paraître.

« Il m'a dit que vous l'aidiez. Il m'a dit aussi pour le local que vous lui avez trouvé. Il peut se faire deux trois sous en réparant des voitures. Grâce à vous, il a repris confiance en lui. Il a besoin de quelqu'un qui le comprenne et dans la famille, c'est plutôt navrant.

- Vincent est votre petit fils ? Oui, Nous nous sommes croisés et nous avons sympathisé. Que vous a-t-il dit à propos de moi ?

- Oh Docteur, que du bien et je m'en réjouis d'ailleurs. Si vous le rencontrez, dites lui de venir me voir. Je ne l'ai pas vu depuis un petit moment et, vu mon état, j'aimerais le voir avant de... Aaaarrrrgggghhh ! »

Oh non ! Il est en arrêt respiratoire et cardiaque

« Monsieur ! Monsieur ! »

J'appuie sur le bouton d'appel. Je pratique un massage cardiaque. Les infirmières pénètrent dans la chambre et m'assistent. Il faut se rendre à l'évidence. Il voulait absolument voir son petit fils et il l'a rejoint. Le décès est constaté à 11 h 36. Quand le souffle n'est plus, la vie s'envole dans l'autre monde. C'est dur pour un médecin de voir filer une vie entre ses doigts. Mais la mort fait partie de la vie et la vie fait partie de la mort. C'est mon quatrième décès depuis que je suis interne. Je finis de remplir le certificat. Je suis appelé dans une chambre voisine où une mamie respire de plus en plus mal. Je m'affaire dans des gestes méthodiques pour lui ramener une respiration convenable et ensuite normale.

Après une matinée un peu triste, je pars déjeuner dans le bureau. On parle. Bien-sûr, la conversation est centrée sur ce pauvre Monsieur. Je n'ai même pas réalisé l'importance de ses propos. Vincent lui a parlé de moi. A-t-il parlé à d'autres personnes ? Qu'a-t-il dit à son grand père ? En tout cas, il ne dira plus rien. Je suis songeur. Plus rien ne me relie à Vincent maintenant. Ma journée se termine pour le remplacement mais ma garde continue. Je reprends mon service aux urgences. Je veux être médecin par vocation et non pour faire comme mon père.

Il est toujours difficile d'encaisser la perte d'un patient. Alors j'en parle avec mon entourage professionnel, un bienfait psychologiquement. Je repars en chasse contre la douleur. Je finis mon service sur un petit garçon, Antoine. Il a fait une chute dans le parc de jeux en face de chez lui. Du haut de ses trois ans et demi, il a grimpé sur le toit de la maison au toboggan. Il est tombé sur le dos. Il n'a rien. Seule la douleur due au choc le tortille. Cela me touche car je ne peux faire plus. Je pointe et je rentre chez moi.

Vingt-troisième chapitre

Confusion joyeuse

Je me réveille tranquillement. Le soleil s'invite dans ma journée de repos. Installé dans mon immense cuisine d'un mètre carré, je bois mon café. Je viens de recevoir un SMS de Cédric. Il souhaiterait me revoir. Je lui réponds « avec plaisir ». On frappe à la porte. Je me lève pour ouvrir.

« Tiens Papa ! Que me vaut ta visite ?

- Bonjour mon fils. Je suis venu te chercher. J'ai pris une journée pour t'emmener voir Mathieu. »

Waouh ! Mais c'est formidable !

- Sérieux ? Mais je croyais que les visites, c'était le dimanche ?

- J'ai appelé et j'ai pu m'entretenir avec notre confrère sur la situation. J'ai son accord. Prépare-toi, je t'attends.

- Heu …, oui Papa, de suite. Sers toi un café. Je vais m'habiller.

- OK ! Je te remercie. Mais dépêche-toi quand même. »

Je prends une douche et je m'habille. Je rejoins mon père. Dans la voiture, il démarre et nous partons en direction du centre de Châtrin où réside mon frère. Je suis tellement excité que j'ai omis de fermer ma porte à clef.

Pendant le trajet, je discute avec mon père. On parle de Marc, de Mathieu.

« C'est une situation très difficile mais au dénouement heureux, si on peut dire ainsi. me dit mon père.

Les kilomètres défilent sous les roues. Le temps me paraît une éternité. Je rentre dans l'inconnu d'une rencontre si forte d'émotion, si attendue. Je ressens des frissons rien que d'y penser.

Mon père est concentré sur sa route. Nos voix sont perdues dans nos pensées. Je repense aux évènements de ces derniers temps.

Tout me revient en plein de figure. Mon chemin se dessine à la lueur sombre des mes agissements. Si mon père savait, il me rejetterai sans une ombre de compassion.

Je pense à Vincent. Il était si gentil, jusqu'au bout d'ailleurs. Qui suis-je au fond ? Je ne sais plus. Je me sens perdu. Pourquoi ai-je fait autant de mal ? Tant de questions dont j'aimerais trouver les réponses. J'ai créé le mal autour de moi. Je ne suis pas méchant. Au fond, je suis un gentil. Mais je suis accompagné par une force mal intentionnée, malgré moi. Je le sais mais je n'ai pas pu l'empêcher.

Aujourd'hui je me sens reprendre le dessus. Mais je suis encore différent des autres. Je ne comprends pas ce double, moi qui suis si doux, si protecteur. Un sauveur dans l'âme. Pourtant une partie de moi la tue. Suis-je fou ?

On se rapproche doucement. J'espère arriver à changer tout cela pour ne pas montrer ma véritable identité, mon côté obscur. Il ne reste que quelques kilomètres avant d'arriver à destination. Mon père est songeur. Regrette-t-il d'avoir laissé le vœu de ma mère s'exaucer, de n'avoir rien fait pour garder trace de Mathieu ? Ne savait-il vraiment rien de l'existence de Marc ?

J'ai tellement de questions sans réponses et je m'en pose encore davantage. C'est comme ce Cédric, pourquoi avoir accepté de le revoir ? Que lui veut mon double moi ? J'en ai marre de subir et de faire subir. Ce n'est pas moi. Mon autre « je » a réussi les crimes parfaits en accusant un autre tueur qu'il a manipulé. J'aimerais tant détruire ce double moi. Être enfin moi et seulement moi.

Mon père se gare sur le parking du centre. Je n'ai pas vu la route défiler. Nous sommes arrivés. Je descends. Mon estomac me torture. Nous avançons vers l'entrée. Il n'y a personne devant le bâtiment. Nous entrons dans le hall et nous nous dirigeons vers l'accueil.

J'ai la bouche sèche. Mes cordes vocales sont paralysées. J'ai soif. J'étouffe. Je suis anxieux. Une force me pénètre. Tel un aimant, je suis attiré. Je ne demande pas la chambre de Mathieu, j'y suis entraîné directement, par une force à l'intérieur de moi. Mon père se renseigne. Je pars sans me soucier de lui.

J'arrive devant une porte verte. Des mains de toutes les couleurs sont peintes dessus. Je frappe, mais pas de réaction. Je tape à nouveau, plus fort. Toujours rien. Aucun signe de vie à l'intérieur. Je sais que c'est sa chambre. Comment ? Je ne le sais pas, mais j'en suis sur.

Mon père me rejoint.

« Comment as-tu su où se trouvait sa chambre ? »

Je ne réponds pas.

« Il ne va pas tarder à arriver. Il est à la piscine, avec son groupe.

Je suis impatient. Je repars dans ce labyrinthe inconnu. J'entre par la baie vitrée devant moi. Je suis face à l'incertitude mais bien face au bain bleu. Je cherche mon frère du regard. Je ne le vois pas. Que se passe-t-il ? Où est-il ?

Un infirmier nous rejoint. Il a reçu un appel de l'accueil. Il nous indique où rejoindre Mathieu. Je m'y dirige directement.

Il est là. Il est beau. Il est moi, physiquement. Une ressemblance étrange, tel un sosie. Je suis impressionné de me voir face à face, sans miroir. Je m'approche de lui. Il fait de même. Il me tend les bras au même instant que moi. Je le sers fort contre moi. Mon père reste en retrait. On reste ainsi un long moment.

Il pleure sur mon épaule et je fais de même. Il ne dit mot mais je n'en dis pas non plus. On s'assoit tous les deux sur un banc. Il parle très bien. Il me dit qu'il attendait ce moment là depuis très longtemps. On reste là et on parle. Il connaissait mon existence depuis qu'il a eu l'âge de comprendre.

Je lui présente mon père. Ils s'embrassent. Il cache difficilement ses larmes. Il veut nous dire quelque chose mais il sanglote tellement que rien ne sort correctement. Il se reprend.

« Ta mère et moi ne pouvons pas rattraper le temps perdu. Mais à l'avenir, vous serez réunis comme cela aurait dû être le cas depuis votre naissance. Nous avons décidé de t'adopter, Mathieu. »

Je pleure de joie. Mathieu a du mal à réaliser. Ses yeux s'humidifient. Je le prends dans mes bras. Je suis en adéquation avec moi-même. Ma tête est sur son épaule. Maintenant, je le sais pourquoi...

Vingt-quatrième chapitre

Le doute

Les choses se mettent en place pour Mickael. Ses parents ont fait le nécessaire pour l'adoption de Mathieu. Mais la famille va encore s'agrandir avec la future adoption de Quentin. J'imagine l'immense joie des trois frères. Entre le trio, l'amour est plus fort que tout. Quentin et Mathieu s'entendent à merveille. On peut sentir chez les deux jeunes autistes, une évolution, invraisemblable aux yeux de la médecine. Tous les quinze jours, le samedi soir, la cafétéria accueillait deux personnes. Elle compte désormais trois clients fidèles, tous les samedis.

Au commissariat, l'inspecteur se gratte le front dans son bureau. Un doute le poursuit. Il relit tous les procès verbaux. Mais d'où vient ce fourgon ? L'affaire est close et pourtant il continue d'investir une partie de son temps. Il se renseigne auprès de la préfecture. Cette piste n'a pas été exploitée, ni vérifiée. L'enquête est close mais tous les aspects n'ont pas été explorés. La réponse est sans appel. Le propriétaire est Monsieur Pilaf Alphonse. Durant son temps libre, l'inspecteur Poulail lui rend visite.

Dans le village où réside Monsieur Pilaf, l'inspecteur s'arrête devant une dame pour demander son chemin.

« Bonjour Madame. Je cherche la maison de Monsieur Pilaf.

- Je suis sa femme. Que lui voulez-vous ?

- Oh ! J'ai beaucoup de chance de tomber directement sur vous. Je suis de la police.

- La police ? Mais pourquoi voulez-vous voir mon mari ?

- J'aimerais m'entretenir avec lui au sujet de son véhicule, un fourgon.

- Le fourgon ? Mais nous l'avons vendu il y a quelques mois, Monsieur. S'il y a des amendes ou autres, nous ne sommes pas responsables.

- Ne vous inquiétez pas, Madame ! Je voudrais juste poser quelques questions à votre mari.
- Dans ce cas, allons-y. Je ferai mes achats plus tard. »

L'inspecteur fait monter la dame dans son véhicule et ils empruntent une petite route départementale. Puis, elle le fait tourner à droite sur un chemin de terre. Le centre est bordé d'herbe à mi hauteur. Le passage doit être très rarement utilisé. Il aperçoit une ferme un peu délabrée par le temps et le manque d'entretien.

« Mon mari est diabétique. Il est aveugle depuis peu.
- Étiez-vous là lors de la transaction ?
- Non. Mon mari était seul. »

L'inspecteur réfléchit. Montrer les photographies à ce monsieur va être compliqué. Ils quittent le véhicule et entrent dans le corps de ferme. Elle présente le policier à son époux.

« Monsieur l'inspecteur, je vous sers un remontant ?
- Avec plaisir.

Ils s'installent autour de la table.

« J'aimerais vous poser deux ou trois questions concernant le fourgon que vous avez vendu.
- Je vous écoute.
- Avez-vous envoyé l'exemplaire du certificat de vente à la Préfecture ?
- Non, l'acheteur s'en est chargé. Ce qui m'arrangeait, d'ailleurs.
- Et vous étiez seul, ce jour-là. Vous seul pouvez donc me décrire l'acheteur ?

- Excusez-moi, inspecteur, que se passe-t-il exactement ? Pourquoi toutes ces questions ? Il y a un problème avec le camion ? L'acheteur a porté plainte ?

-Non ! Ne vous en faites pas. Je fais juste une enquête. J'ai arrêté un jeune homme de dix-huit ans au volant. Il n'avait pas de permis de conduire. Je voulais m'assurer qu'il ne l'a pas volé.

- Un jeune de dix-huit ans, vous dites ?

- Oui, c'est ça.

- Alors, il l'a peut-être volé à mon acheteur. Il était plus vieux d'au moins une dizaine d'années.

- Vous en êtes certain, Monsieur ?

- Oui certain ! J'y voyais encore à ce moment-là et ce n'est pas si vieux, il y a quatre mois.

- Avez-vous gardé votre exemplaire du certificat de vente ?

- Si je l'ai encore, il doit être dans le tas de journaux. Je m'en sers pour allumer la cuisinière à bois.

- Puis-je y jeter un œil ?

- Faites à votre guise. Mais que se passe-t-il exactement ?

- Rien, Monsieur. J'ai besoin de comprendre pourquoi ce jeune brun était au volant de ce véhicule, vous comprenez ?

- Non ! Je ne comprends rien. Vous avez dit un brun ?

- Oui, un brun.

- Mais mon acheteur était blond, très blond même ! Je vous l'affirme. »

Poulail se précipite sur le tas de papiers usagés...

Table des matières

Ma place, mes pensées.............................7
Malgré moi..11
De l'ordre...23
Le centre..31
anniversaire...41
Mardi..51
Malgré la peur...55
Une future amitié....................................63
Révélation..73
Voyeur du mal...81
La reprise...91
Un raté en souvenir...............................103
X...119
Le flingue...129
L'arrestation..133
Ouf !...139
Rendez-vous en lieu caché...................145
Grand nettoyage...................................149
Journée catastrophe.............................157
L'attente..167
Enfin..175
Remplacement......................................185
Confusion joyeuse................................191
Le doute..197